Leonce und Lena

LUSTSPIEL

HERAUSGEGEBEN UND MIT
EINEM NACHWORT VERSEHEN VON
OTTO C. A. ZUR NEDDEN

PHILIPP RECLAM JUN. STUTTGART

INHALT

Universal-Bibliothek Nr. 7733
Alle Rechte vorbehalten. Gesetzt in Petit Garamond-Antiqua
Printed in Germany 1973. Herstellung: Reclam Stuttgart
ISBN 3 15 007733 8

Woyzeck

Ein Fragment

PERSONEN

Woyzeck
Marie
Hauptmann
Doktor
Tambourmajor
Andres
Margret
Budenbesitzer
Marktschreier
Alter Mann mit Leierkasten
Jude
Wirt
Erster Handwerksbursch
Zweiter Handwerksbursch
Käthe
Narr
Großmutter
Polizist
Soldaten. Studenten. Burschen und Mädchen.
Kinder. Volk u. a.

Hauptmann auf einem Stuhl. Woyzeck rasiert ihn.

Hauptmann. Langsam, Woyzeck, langsam; eins nach dem andern! Er macht mir ganz schwindlig. Was soll ich dann mit den zehn Minuten anfangen, die Er heut zu früh fertig wird? Woyzeck, bedenk Er, Er hat noch seine schöne dreißig Jahr zu leben, dreißig Jahr! Macht dreihundertsechzig Monate, und Tage, Stunden, Minuten! Was will Er denn mit der ungeheuren Zeit all anfangen? Teil Er sich ein, Woyzeck!

Woyzeck. Jawohl, Herr Hauptmann!

Hauptmann. Es wird mir ganz angst um die Welt, wenn ich an die Ewigkeit denke. Beschäftigung, Woyzeck, Beschäftigung! Ewig, das ist ewig, das ist ewig – das siehst du ein; nun ist es aber wieder nicht ewig, und das ist ein Augenblick, ja, ein Augenblick, Woyzeck, es schaudert mich, wenn ich denke, daß sich die Welt in einem Tag herumdreht! Was 'n Zeitverschwendung! Wo soll das hinaus? Woyzeck, ich kann kein Mühlrad mehr sehn, oder ich werd melancholisch.

Woyzeck. Jawohl, Herr Hauptmann.

Hauptmann. Woyzeck, Er sieht immer so verhetzt aus! Ein guter Mensch tut das nicht, ein guter Mensch, der sein gutes Gewissen hat. – Red Er doch was, Woyzeck! Was ist heut für Wetter?

Woyzeck. Schlimm, Herr Hauptmann, schlimm; Wind!

Hauptmann. Ich spür's schon, 's ist so was Geschwindes draußen; so ein Wind macht mir den Effekt wie eine Maus. *(Pfiffig.)* Ich glaub, wir haben so was aus Süd-Nord?

Woyzeck. Jawohl, Herr Hauptmann.

Hauptmann. Ha, ha, ha! Süd-Nord! Ha, ha, ha! Oh, Er ist dumm, ganz abscheulich dumm! *(Gerührt.)* Woyzeck, Er ist ein guter Mensch – aber *(mit Würde)* Woyzeck, Er hat keine Moral! Moral, das ist, wenn man moralisch ist, versteht Er. Es ist ein gutes Wort. Er hat ein Kind, ohne den Segen der Kirche, wie unser hochehrwürdiger Herr Garnisonsprediger sagt, ohne den Segen der Kirche, es ist nicht von mir.

Woyzeck. Herr Hauptmann, der liebe Gott wird den armen Wurm nicht drum ansehen, ob das Amen drüber gesagt ist, eh er gemacht wurde. Der Herr sprach: Lasset die Kleinen zu mir kommen!

Hauptmann. Was sagt Er da? Was ist das für eine kuriose Antwort? Er macht mich ganz konfus mit seiner Antwort. Wenn ich sag: Er, so mein ich Ihn, Ihn –

Woyzeck. Wir arme Leut – Sehn Sie, Herr Hauptmann: Geld, Geld! Wer kein Geld hat – Da setz einmal eines seinesgleichen auf die Moral in die Welt. Man hat auch sein Fleisch und Blut. Unsereins ist doch einmal unselig in der und der andern Welt. Ich glaub, wenn wir in Himmel kämen, so müßten wir donnern helfen.

Hauptmann. Woyzeck, Er hat keine Tugend, Er ist kein tugendhafter Mensch. Fleisch und Blut? Wenn ich am Fenster lieg, wenn's geregnet hat, und den weißen Strümpfen so nachseh, wie sie über die Gassen springen – verdammt, Woyzeck, da kommt mir die Liebe. Ich hab auch Fleisch und Blut. Aber, Woyzeck, die Tugend, die Tugend! Wie sollte ich dann die Zeit herumbringen? Ich sag mir immer: du bist ein tugendhafter Mensch, *(gerührt)* ein guter Mensch, ein guter Mensch.

Woyzeck. Ja, Herr Hauptmann, die Tugend, ich hab's noch nit so aus. Sehn Sie, wir gemeine Leut, das hat keine Tugend, es kommt einem nur so die Natur; aber wenn ich ein Herr wär und hätt ein' Hut und eine Uhr und eine Anglaise und könnt vornehm reden, ich wollt schon tugendhaft sein. Es muß was Schönes sein um die Tugend, Herr Hauptmann. Aber ich bin ein armer Kerl.

Hauptmann. Gut, Woyzeck. Du bist ein guter Mensch, ein guter Mensch. Aber du denkst zuviel, das zehrt; du siehst immer so verhetzt aus. – Der Diskurs hat mich ganz angegriffen. Geh jetzt und renn nicht so; langsam, hübsch langsam die Straße hinunter!

FREIES FELD, DIE STADT IN DER FERNE

Woyzeck und Andres schneiden Stecken im Gebüsch.

Andres *(pfeift).*

Woyzeck. Ja, Andres, der Platz ist verflucht. Siehst du den lichten Streif da über das Gras hin, wo die Schwämme

so nachwachsen? Da rollt abends der Kopf. Es hob ihn
einmal einer auf, er meint', es wär ein Igel: drei Tag und
drei Nächt, und er lag auf den Hobelspänen. *(Leise.)*
Andres, das waren die Freimaurer, ich hab's, die Freimaurer. Still!

A n d r e s *(singt)*. Saßen dort zwei Hasen,
          Fraßen ab das grüne, grüne Gras . . .

W o y z e c k. Still, hörst du's, Andres, hörst du's? Es geht
was!

A n d r e s. Fraßen ab das grüne, grüne Gras
          Bis auf den Rasen.

W o y z e c k. Es geht hinter mir, unter mir – *(stampft auf
den Boden.)* Hohl, hörst du? Alles hohl da unten. Die
Freimaurer!

A n d r e s. Ich fürcht mich.

W o y z e c k. 's ist so kurios still. Man möcht den Atem
halten. Andres!

A n d r e s. Was?

W o y z e c k. Red was! *(Starrt in die Gegend.)* Andres! Wie
hell! Über der Stadt is alles Glut! Ein Feuer fährt um den
Himmel und ein Getös herunter wie Posaunen. Wie's her-
aufzieht! – Fort! Sieh nicht hinter dich! *(Reißt ihn ins
Gebüsch.)*

A n d r e s *(nach einer Pause)*. Woyzeck, hörst du's noch?

W o y z e c k. Still, alles still, als wär die Welt tot.

A n d r e s. Hörst du? Sie trommeln drin. Wir müssen fort!

DIE STADT

Marie (mit ihrem Kind am Fenster). Margret.
Der Zapfenstreich geht vorbei, der Tambourmajor voran.

M a r i e *(das Kind wippend auf dem Arm)*. He, Bub! Sa ra
ra ra! Hörst? Da kommen sie!

M a r g r e t. Was ein Mann, wie ein Baum!

M a r i e. Er steht auf seinen Füßen wie ein Löw.
          (Tambourmajor grüßt.)

M a r g r e t. Ei, was freundliche Auge, Frau Nachbarin! So
was is man an ihr nit gewöhnt.

M a r i e *(singt)*. Soldaten, das sind schöne Bursch . . .

M a r g r e t. Ihre Auge glänze ja noch –

M a r i e. Und wenn! Trag Sie Ihre Auge zum Jud, und laß

Sie sie putze; vielleicht glänze sie noch, daß man sie für
zwei Knöpf verkaufe könnt.

M a r g r e t. Was, Sie? Sie? Frau Jungfer! Ich bin eine
honette Person, aber Sie, Sie guckt sieben Paar lederne
Hose durch!

M a r i e. Luder! *(Schlägt das Fenster durch.)* Komm, mei
Bub! Was die Leut wolle. Bist doch nur ein arm Huren-
kind und machst deiner. Mutter Freud mit deim unehr-
liche Gesicht! Sa! sa! *(Singt.)*

> Mädel, was fangst du jetzt an?
> Hast ein klein Kind und kein' Mann!
> Ei, was frag ich danach?
> Sing ich die ganze Nacht
> Eia, popeia, mei Bub, juchhe!
> Gibt mir kein Mensch nix dazu.
> Hansel, spann deine sechs Schimmel aus,
> Gib ihn' zu fresse aufs neu!
> Kein Haber fresse sie,
> Kein Wasser saufe sie,
> Lauter kühle Wein muß es sein, juchhe!
> Lauter kühle Wein muß es sein.

(Es klopft am Fenster.)

M a r i e. Wer da? Bist du's, Franz? Komm herein!

W o y z e c k. Kann nit. Muß zum Verles'.

M a r i e. Hast du Stecken geschnitten für den Hauptmann?

W o y z e c k. Ja, Marie.

M a r i e. Was hast du, Franz? Du siehst so verstört.

W o y z e c k *(geheimnisvoll)*. Marie, es war wieder was,
viel – steht nicht geschrieben: Und sieh, da ging ein Rauch
vom Land, wie der Rauch vom Ofen?

M a r i e. Mann!

W o y z e c k. Es ist hinter mir hergangen bis vor die Stadt.
Was soll das werden?

M a r i e. Franz!

W o y z e c k. Ich muß fort. – Heut abend auf die Meß! Ich
hab wieder was gespart. *(Er geht.)*

M a r i e. Der Mann! So vergeistert. Er hat sein Kind nicht
angesehn! Er schnappt noch über mit den Gedanken! –
Was bist so still, Bub? Furchtst dich? Es wird so dunkel;
man meint, man wär blind. Sonst scheint als die Latern
herein. Ich halt's nit aus; es schauert mich! *(Geht ab.)*

BEIM DOKTOR

Woyzeck. Der Doktor.

Doktor. Was erleb ich, Woyzeck? Ein Mann von Wort! Er! Er! Er!

Woyzeck. Was denn, Herr Doktor?

Doktor. Ich hab's gesehn, Woyzeck; Er hat auf die Straß gepißt, an die Wand gepißt, wie ein Hund – und doch drei Groschen täglich und Kost! Woyzeck, das ist schlecht: die Welt wird schlecht, sehr schlecht.

Woyzeck. Aber Herr Doktor, wenn einem die Natur kommt.

Doktor. Die Natur kommt, die Natur kommt! Aberglaube, abscheulicher Aberglaube! Die Natur! Hab ich nicht nachgewiesen, daß der musculus constrictor vesicae dem Willen unterworfen ist? Die Natur! Woyzeck, der Mensch ist frei, in dem Menschen verklärt sich die Individualität zur Freiheit. Den Harn nicht halten können! Es ist Betrug, Woyzeck! – *(Schüttelt den Kopf, legt die Hände auf den Rücken und geht auf und ab.)* Hat Er schon seine Erbsen gegessen, Woyzeck? Nichts als Erbsen, cruciferae, merk Er sich's! Die nächste Woche fangen wir dann mit Hammelfleisch an! Es gibt eine Revolution in der Wissenschaft, ich sprenge sie in die Luft. Harnstoff 0,10, salzsaures Ammonium, Hyperoxydul – Woyzeck, muß Er nicht wieder pissen? Geh Er einmal hinein und probier Er's!

Woyzeck. Ich kann nit, Herr Doktor.

Doktor *(mit Affekt).* Aber an die Wand pissen! Ich hab's schriftlich, den Akkord in der Hand! Ich hab's gesehn, mit diesen Augen gesehn – ich steckt grade die Nase zum Fenster hinaus und ließ die Sonnenstrahlen hineinfallen, um das Niesen zu beobachten. Hat Er mir Frösch gefangen? Hat Er Laich? Keinen Süßwasserpolyp? keine Hydra? Vestillen? Cristatellen? Stoß Er mir nicht ans Mikroskop, ich hab eben den dicken Backzahn von einem Infusionstier darunter. Ich sprenge sie in die Luft, alle miteinander. Woyzeck, keine Spinneneier? Keine Kröteneier? Aber an die Wand gepißt! Ich hab's gesehen. *(Tritt auf ihn los.)* Nein, Woyzeck, ich ärgre mich nicht: Ärger ist ungesund, ist unwissenschaftlich. Ich bin ruhig, ganz ruhig; mein Puls hat seine gewöhnlichen 60, und ich sag's

Ihm mit der größten Kaltblütigkeit. Behüte, wer wird sich über einen Menschen ärgern, ein' Menschen! Wenn es noch ein Proteus wäre, der einem krepiert! Aber, Woyzeck, Er hätte doch nicht an die Wand pissen sollen –

W o y z e c k. Sehn Sie, Herr Doktor, manchmal hat einer so 'en Charakter, so 'ne Struktur. – Aber mit der Natur ist's was anders, sehn Sie; mit der Natur *(er kracht mit den Fingern)*, das is so was, wie soll ich doch sagen, zum Beispiel ...

D o k t o r. Woyzeck, Er philosophiert wieder.

W o y z e c k *(vertraulich)*. Herr Doktor, haben Sie schon was von der doppelten Natur gesehn? Wenn die Sonn in Mittag steht und es ist, als ging' die Welt in Feuer auf, hat schon eine fürchterliche Stimme zu mir geredt!

D o k t o r. Woyzeck, Er hat eine Aberratio.

W o y z e c k. Ja die Natur, Herr Doktor, wenn die Natur aus ist.

D o k t o r. Was ist das, wenn die Natur aus ist?

W o y z e c k. Wenn die Natur aus ist, das ist, wenn die Natur aus ist. Wenn die Welt so finster wird, daß man mit den Händen an ihr herumtappen muß, daß man meint, sie verrinnt wie Spinneweb. Das ist so, wenn etwas ist und doch nicht ist, wenn alles dunkel ist und nur noch ein roter Schein im Westen, wie von einer Esse. Wenn *(schreitet im Zimmer auf und ab)* ...

D o k t o r. Kerl, Er tastet mit seinen Füßen herum wie mit Spinnfüßen.

W o y z e c k *(legt den Finger an die Nase)*. Die Schwämme, Herr Doktor, da, da steckt's. Haben Sie schon gesehn, in was für Figuren die Schwämme auf dem Boden wachsen? Wer das lesen könnt.

D o k t o r. Woyzeck, Er hat die schönste Aberratio mentalis partialis, die zweite Spezies, sehr schön ausgeprägt. Woyzeck, Er kriegt Zulage! Zweite Spezies: fixe Idee mit allgemein vernünftigem Zustand. – Er tut noch alles wie sonst, rasiert seinen Hauptmann?

W o y z e c k. Jawohl.

D o k t o r. Ißt seine Erbsen?

W o y z e c k. Immer ordentlich, Herr Doktor. Das Geld für die Menage kriegt meine Frau.

D o k t o r. Tut seinen Dienst?

W o y z e c k. Jawohl.

D o k t o r. Er ist ein interessanter Kasus. Er hat eine schöne
   fixe Idee! Er kommt noch ins Narrenhaus! Subjekt Woy-
   zeck, Er kriegt Zulage, halt Er sich brav! Zeig Er seinen
   Puls! Ja.
W o y z e c k. Was soll ich tun?
D o k t o r. Erbsen essen, dann Hammelfleisch, sein Gewehr
   putzen! Er bekommt ein Groschen Zulage die Woche.
   Meine Theorie, meine neue Theorie . . .

BUDEN. LICHTER. VOLK

Alter Mann singt und Kind tanzt zum Leierkasten.

A l t e r   M a n n. Auf der Welt ist kein Bestand,
            Wir müssen alle sterben,
            Das ist uns wohlbekannt.
W o y z e c k. Hei, Hopsa's! – Armer Mann, alter Mann!
   Armes Kind, junges Kind! Sorgen und Feste!
M a r i e. Mensch, sind noch die Narrn von Verstande, dann
   ist man selbst Narr. – Komische Welt! schöne Welt!
            (Beide gehn weiter zum Marktschreier.)
M a r k t s c h r e i e r *(vor einer Bude mit seiner Frau in
   Hosen und einem kostümierten Affen)*. Meine Herren,
   meine Herren! Sehn Sie die Kreatur, wie sie Gott gemacht:
   nix, gar nix. Sehn Sie jetzt die Kunst: geht aufrecht, hat
   Rock und Hosen, hat ein' Säbel! Der Aff ist Soldat; 's ist
   noch nit viel, unterste Stuf von menschliche Geschlecht.
   Ho! Mach Kompliment! So – bist Baron. Gib Kuß. *(Er
   trompetet.)* Wicht ist musikalisch. – Meine Herren, hier ist
   zu sehen das astronomische Pferd und die kleine Kanaille-
   vögele. Sind Favorit von alle gekrönte Häupter Europas,
   verkündigen den Leuten alles: wie alt, wieviel Kinder, was
   für Krankheit. Die Rapräsentationen anfangen! Es wird
   sogleich sein das Commencement von Commencement.
W o y z e c k. Willst du?
M a r i e. Meinetwegen. Das muß schön Dings sein. Was der
   Mensch Quasten hat! Und die Frau hat Hosen!
            (Beide gehn in die Bude.)
T a m b o u r m a j o r. Halt, jetzt! Siehst du sie? Was ein
   Weibsbild!
U n t e r o f f i z i e r. Teufel! Zum Fortpflanzen von Kü-
   rassierregimentern!

Tambourmajor. Und zur Zucht von Tambourmajors!

Unteroffizier. Wie sie den Kopf trägt! Man meint,
das schwarze Haar müßt sie abwärts ziehn wie ein Ge-
wicht. Und Augen –

Tambourmajor. Als ob man in ein' Ziehbrunnen oder
zu einem Schornstein hinunter guckt. Fort, hinterdrein! –

DAS INNERE DER HELLERLEUCHTETEN BUDE

Marie. Was Licht!

Woyzeck. Ja, Marie: schwarze Katzen mit feurige
Augen. Hei, was ein Abend!

Der Budenbesitzer *(ein Pferd vorführend).* Zeig
dein Talent! zeig deine viehische Vernünftigkeit! Beschäme
die menschliche Sozietät! Meine Herren, dies Tier, was Sie
da sehn, Schwanz am Leib, auf seine vier Hufe, ist Mit-
glied von alle gelehrte Sozietät, ist Professor an unsre
Universität, wo die Studente bei ihm reiten und schlagen
lernen. – Das war einfacher Verstand. Denk jetzt mit der
doppelten Raison! Was machst du, wann du mit der doppelten Raison denkst? Ist unter der gelehrten Société da
ein Esel? *(Der Gaul schüttelt den Kopf.)* Sehn Sie jetzt die
doppelte Raison? Das ist Viehsionomik. Ja, das ist kein
viehdummes Individuum, das ist ein Person, ein Mensch,
ein tierischer Mensch – und doch ein Vieh, ein Bête. *(Das
Pferd führt sich ungebührlich auf.)* So, beschäme die Société. Sehn Sie, das Vieh ist noch Natur, unideale Natur!
Lernen Sie bei ihm! Fragen Sie den Arzt, es ist sonst
höchst schädlich! Das hat geheißen: Mensch, sei natürlich!
Du bist geschaffen aus Staub, Sand, Dreck. Willst du mehr
sein als Staub, Sand, Dreck? – Sehn Sie, was Vernunft:
es kann rechnen und kann doch nit an den Fingern her-
zählen. Warum? Kann sich nur nit ausdrücken, nur nit
explizieren – ist ein verwandelter Mensch! Sag den Herren, wieviel Uhr es ist! Wer von den Herren und Damen
hat ein Uhr, ein Uhr?

Unteroffizier. Eine Uhr? *(Zieht großartig und ge-
messen eine Uhr aus der Tasche.)* Da, mein Herr!

Marie. Das muß ich sehn. *(Sie klettert auf den ersten
Platz; Unteroffizier hilft ihr.)*

Tambourmajor. Das ist ein Weibsbild!

MARIENS KAMMER

Marie. Tambourmajor.

T a m b o u r m a j o r. Marie!
M a r i e *(ihn ansehend, mit Ausdruck).* Geh einmal vor
dich hin! – Über die Brust wie ein Rind und ein Bart wie
ein Löw. So ist keiner! – Ich bin stolz vor allen Weibern.
T a m b o u r m a j o r. Wenn ich am Sonntag erst den gro-
ßen Federbusch hab und die weiße Handschuh, Donner-
wetter! Der Prinz sagt immer: Mensch, Er ist ein Kerl!
M a r i e *(spöttisch).* Ach was! *(Tritt vor ihn hin.)* Mann!
T a m b o u r m a j o r. Und du bist auch ein Weibsbild!
Sapperment, wir wollen eine Zucht von Tambourmajors
anlegen. He? *(Er umfaßt sie.)*
M a r i e *(verstimmt).* Laß mich.
T a m b o u r m a j o r. Wild Tier!
M a r i e *(heftig).* Rühr mich an!
T a m b o u r m a j o r. Sieht dir der Teufel aus den Augen?
M a r i e. Meinetwegen. Es is alles eins.

DER HOF DES DOKTORS

Studenten und Woyzeck unten, der Doktor am Dachfenster.

D o k t o r. Meine Herren, ich bin auf dem Dach wie David,
als er die Bathseba sah; aber ich sehe nichts als die Culs de
Paris der Mädchenpension im Garten trocknen. Meine
Herren, wir sind an der wichtigen Frage über das Ver-
hältnis des Subjekts zum Objekt. Wenn wir nur eins von
den Dingen nehmen, worin sich die organische Selbst-
affirmation des Göttlichen, auf einem so hohen Stand-
punkte, manifestiert, und ihre Verhältnisse zum Raum,
zur Erde, zum Planetarischen untersuchen, meine Herren,
wenn ich diese Katze zum Fenster hinauswerfe: wie wird
diese Wesenheit sich zum centrum gravitationis gemäß
ihrem eigenen Instinkt verhalten? He, Woyzeck, *(brüllt)*
Woyzeck!
W o y z e c k *(fängt die Katze auf).* Herr Doktor, sie beißt.
D o k t o r. Kerl, Er greift die Bestie so zärtlich an, als
wär's seine Großmutter. *(Er kommt herunter.)*
W o y z e c k. Herr Doktor, ich hab 's Zittern.
D o k t o r *(ganz erfreut).* Ei, ei, schön, Woyzeck! *(Er reibt*

sich die Hände. Er nimmt die Katze.) Was seh ich, meine
Herren, die neue Spezies Hasenlaus, eine schöne Spezies...
(Er zieht eine Lupe heraus, die Katze läuft fort.) Meine
Herren, das Tier hat keinen wissenschaftlichen Instinkt...
Sie können dafür was anders sehen. Sehen Sie: der Mensch,
seit einem Vierteljahr ißt er nichts als Erbsen; bemerken
Sie die Wirkung, fühlen Sie einmal: was ein ungleicher
Puls! Der und die Augen!

W o y z e c k. Herr Doktor, es wird mir dunkel! *(Er setzt
sich.)*

D o k t o r. Courage, Woyzeck! Noch ein paar Tage und
dann ist's fertig. Fühlen Sie, meine Herren, fühlen Sie!
(Sie betasten ihm Schläfe, Puls und Busen.) Apropos,
Woyzeck, beweg den Herren doch einmal die Ohren! Ich
hab es Ihnen schon zeigen wollen, zwei Muskeln sind bei
ihm tätig. Allons, frisch!

W o y z e c k. Ach, Herr Doktor!

D o k t o r. Bestie, soll ich dir die Ohren bewegen? Willst
du's machen wie die Katze? So, meine Herren. Das sind
so Übergänge zum Esel, häufig auch die Folge weiblicher
Erziehung und die Muttersprache. Wieviel Haare hat dir
die Mutter zum Andenken schon ausgerissen aus Zärtlich-
keit? Sie sind dir ja ganz dünn geworden seit ein paar
Tagen. Ja, die Erbsen, meine Herren!

MARIENS KAMMER

M a r i e *(sitzt, ihr Kind auf dem Schoß, ein Stückchen Spiegel in der Hand).* Der andre hat ihm befohlen, und er hat
gehen müssen! *(Bespiegelt sich.)* Was die Steine glänzen!
Was sind's für? Was hat er gesagt? – – Schlaf, Bub! Drück
die Auge zu, fest! *(Das Kind versteckt die Augen hinter
den Händen.)* Noch fester! Bleib so – still, oder er holt
dich! *(Singt:)*

> Mädel, mach's Ladel zu,
> 's komm e Zigeunerbu,
> Führt dich an deiner Hand
> Fort ins Zigeunerland.

(Spiegelt sich wieder.) 's ist gewiß Gold! Wie wird mir's
beim Tanz stehen? Unsereins hat nur ein Eckchen in der
Welt und ein Stückchen Spiegel, und doch hab ich ein' so

roten Mund als die großen Madamen mit ihren Spiegeln
von oben bis unten und ihren schönen Herrn, die ihnen
die Händ küssen. Ich bin nur ein arm Weibsbild. – *(Das
Kind richtet sich auf.)* Still, Bub, die Auge zu! Das Schlaf-
engelchen! Wie's an der Wand läuft *(sie blinkt mit dem
Glas)* – die Auge zu, oder es sieht dir hinein, daß du blind
wirst!

*(Woyzeck tritt herein, hinter sie. Sie fährt auf, mit den
Händen nach den Ohren.)*

W o y z e c k. Was hast du?

M a r i e. Nix.

W o y z e c k. Unter deinen Fingern glänzt's ja.

M a r i e. Ein Ohrringlein; hab's gefunden.

W o y z e c k. Ich hab so noch nix gefunden, zwei auf einmal!

M a r i e. Bin ich ein Mensch?

W o y z e c k. 's is gut, Marie. – Was der Bub schläft! Greif
ihm unters Ärmchen, der Stuhl drückt ihn. Die hellen
Tropfen stehn ihm auf der Stirn; alles Arbeit unter der
Sonn, sogar Schweiß im Schlaf. Wir arme Leut! Da is
wieder Geld, Marie; die Löhnung und was von meim
Hauptmann.

M a r i e. Gott vergelt's, Franz.

W o y z e c k. Ich muß fort. Heut abend, Marie! Adies!

M a r i e *(allein, nach einer Pause)*. Ich bin doch ein schlecht
Mensch! Ich könnt mich erstechen. – Ach, was Welt! Geht
doch alles zum Teufel, Mann und Weib!

STRASSE

Hauptmann. Doktor.
*Hauptmann keucht die Straße herunter, hält an; keucht,
sieht sich um.*

H a u p t m a n n. Wohin so eilig, geehrtester Herr Sargnagel?

D o k t o r. Wohin so langsam, geehrtester Herr Exerzier-
zagel?

H a u p t m a n n. Nehmen Sie sich Zeit, verehrtester Grabstein.

D o k t o r. Ich stehle meine Zeit nicht, wie Sie, Wertester.

H a u p t m a n n. Herr Doktor, rennen Sie nicht so! ... Ru-
dern Sie mit Ihrem Stock nicht so in der Luft! Sie hetzen

sich ja hinter dem Tod drein. Ein guter Mensch, der ein
gutes Gewissen hat, geht nicht so schnell. Ein guter Mensch
(schnauft) – Herr Doktor, erlauben Sie, daß ich ein Menschenleben rette. *(Er erwischt den Doktor am Rock.)*
D o k t o r. Pressiert, Herr Hauptmann, pressiert!
H a u p t m a n n. Herr Sargnagel, Sie schleifen sich ja so
ihre kleinen Beine ganz auf dem Pflaster ab. Reiten Sie
doch nicht auf ihrem Rock in der Luft.
D o k t o r. Sie ist in vier Wochen tot, die gute Frau, ein
collaps congestaticus im siebenten Monat; ich hab schon
zwanzig solcher Patienten gehabt, in vier Wochen, richt
sie sich danach.
H a u p t m a n n. Herr Doktor, ich bin so schwermütig, ich
habe so was Schwärmerisches; ich muß immer weinen,
wenn ich meinen Rock an der Wand hängen sehe.
D o k t o r. Hm! Aufgedunsen, fett, dicker Hals, apoplekti-
sche Konstitution. Ja, Herr Hauptmann, Sie können eine
Apoplexia cerebri kriegen; Sie können sie aber vielleicht
auch nur auf der einen Seite bekommen und dann auf der
einen gelähmt sein, oder aber Sie können im besten Fall
geistig gelähmt werden und nur fortvegetieren: das sind
so ohngefähr Ihre Aussichten auf die nächsten vier Wochen! Übrigens kann ich Sie versichern, daß Sie einen von
den interessanten Fällen abgeben, und wenn Gott will,
daß Ihre Zunge zum Teil gelähmt wird, so machen wir die
unsterblichsten Experimente.
H a u p t m a n n. Herr Doktor, erschrecken Sie mich nicht!
Es sind schon Leute am Schreck gestorben, am bloßen hellen Schreck. – Ich sehe schon die Leute mit den Zitronen
in den Händen; aber sie werden sagen, er war ein guter
Mensch, ein guter Mensch – Teufel Sargnagel.
D o k t o r *(hält ihm den Hut hin)*. Was ist das, Herr
Hauptmann? – Das ist Hohlkopf, geehrtester Herr Exer-
zierzagel!
H a u p t m a n n *(macht eine Falte)*. Was ist das; Herr
Doktor? – Das ist Einfalt, bester Herr Sargnagel! Hähähä! Aber nichts für ungut. Ich bin ein guter Mensch, aber
ich kann auch, wenn ich will, Herr Doktor. Hähähä, wenn
ich will... *(Woyzeck kommt und will vorbeieilen.)* He,
Woyzeck, was hetzt Er sich so an uns vorbei. Bleib Er
doch, Woyzeck! Er läuft ja wie ein offnes Rasiermesser
durch die Welt, man schneid't sich an Ihm; Er läuft, als

hätt Er ein Regiment Kastrierte zu rasieren und würde
gehenkt über dem letzten Haar noch vorm Verschwinden.
Aber, über die langen Bärte, was wollt ich doch sagen?
Woyzeck – die langen Bärte . . .

D o k t o r. Ein langer Bart unter dem Kinn, schon Plinius
spricht davon, man müßt es den Soldaten abgewöhnen . . .

H a u p t m a n n *(fährt fort)*. Ha, über die langen Bärte!
Wie is, Woyzeck, hat Er noch nicht ein Haar aus einem
Bart in seiner Schüssel gefunden? He, Er versteht mich
doch? Ein Haar von einem Menschen, vom Bart eines Sa-
peurs, eines Unteroffiziers, eines – eines Tambourmajors?
He, Woyzeck? Aber Er hat eine brave Frau. Geht Ihm
nicht wie andern.

W o y z e c k. Jawohl! Was wollen Sie sagen, Herr Hauptmann?

H a u p t m a n n. Was der Kerl ein Gesicht macht! . . . Vielleicht nun auch nicht in der Suppe, aber wenn Er sich eilt
und um die Eck geht, so kann Er vielleicht noch auf ein
Paar Lippen eins finden. Ein Paar Lippen, Woyzeck – ich
habe auch das Lieben gefühlt, Woyzeck. Kerl, Er ist ja
kreideweiß!

W o y z e c k. Herr Hauptmann, ich bin ein armer Teufel –
und hab sonst nichts auf der Welt. Herr Hauptmann,
wenn Sie Spaß machen –

H a u p t m a n n. Spaß, ich? Daß dich Spaß, Kerl!

D o k t o r. Den Puls, Woyzeck, den Puls! Klein, hart, hüp-
fend, unregelmäßig.

W o y z e c k. Herr Hauptmann, die Erd is höllenheiß –
mir eiskalt, eiskalt – die Hölle is kalt, wollen wir wetten.
– – Unmöglich! Mensch! Mensch! Unmöglich!

H a u p t m a n n. Kerl, will Er – will Er ein paar Kugeln
vor den Kopf haben? Er ersticht mich mit seinen Augen,
und ich mein es gut mit Ihm, weil Er ein guter Mensch
ist, Woyzeck, ein guter Mensch.

D o k t o r. Gesichtsmuskeln starr, gespannt, zuweilen hüp-
fend. Haltung aufgeregt, gespannt.

W o y z e c k. Ich geh. Es is viel möglich. Der Mensch! Es is
viel möglich. – Wir haben schön Wetter, Herr Hauptmann. Sehn Sie, so ein schöner, fester, grauer Himmel;
man könnte Lust bekommen, ein' Kloben hineinzuschla-
gen und sich daran zu hängen, nur wegen des Gedanken-
strichels zwischen Ja und wieder Ja – und Nein. Herr

Hauptmann, Ja und Nein? Ist das Nein am Ja oder das
Ja am Nein schuld? Ich will drüber nachdenken. *(Geht
mit breiten Schritten ab, erst langsam, dann immer schnel-
ler.)*

D o k t o r *(schießt ihm nach)*. Phänomen! Woyzeck, Zulage!

H a u p t m a n n. Mir wird ganz schwindlig vor den Menschen. Wie schnell! Der lange Schlingel greift aus, als läuft
der Schatten von einem Spinnbein, und der kurze, das
zuckelt. Der lange ist der Blitz und der kleine der Donner.
Haha . . . Grotesk! Grotesk! immer hinterdrein. Das hab
ich nicht gerne! Ein guter Mensch ist achtsam und hat sein
Leben lieb. Ein guter Mensch hat keine Courage nicht.
Ein Hundsfott hat Courage! Ich bin bloß in Krieg ge-
gangen, um mich in meiner Liebe zum Leben zu befesti-
gen. *(Geht ab.)*

MARIENS KAMMER

Marie. Woyzeck.

M a r i e. Guten Tag, Franz.

W o y z e c k *(sie betrachtend)*. Ach, bist du's noch! Ei wahrhaftig! nein, man sieht nichts.

M a r i e. Was siehst du so sonderbar, Franz, ich fürcht mich.

W o y z e c k *(sieht sie starr an und schüttelt den Kopf)*.
Hm! Ich seh nichts, ich seh nichts. Oh, man müßt's sehen,
man müßt's greifen könne mit Fäusten!

M a r i e *(verschüchtert)*. Was hast du, Franz? – Du bist
hirnwütig, Franz.

W o y z e c k. Was eine schöne Straße, man läuft sich Leich-
dörn! Es ist gut auf der Gasse stehn, und in Gesellschaft
auch gut.

M a r i e. Gesellschaft?

W o y z e c k. Es gehn viel Leut durch die Gasse, nicht wahr?
und du tust reden, mit wem du willst, was geht das mich!
– – Hat er da gestanden? da? da? Und so bei dir? so?
Ich wollt, ich wär er gewesen.

M a r i e. Er? Ich kann die Leute die Straße nicht verbieten
und wehren, daß sie ihr Maul mitnehmen, wenn sie durch-
gehn.

W o y z e c k. Und die Lippen nicht zu Haus lassen, es wär
schade, sie sind so schön. Aber die Wespen setzen sich
gern drauf.

M a r i e. Und was 'ne Wesp hat dich gestochen, du siehst so
verrückt wie eine Kuh, die die Hornisse jagt.

W o y z e c k. Eine Sünde, so dick und so breit – es stinkt,
daß man die Engelchen zum Himmel hinausräuchern
könnt. Du hast ein' roten Mund, Marie. Keine Blase
drauf? Wie, Marie, du bist schön wie die Sünde – kann
die Todsünde so schön sein?

M a r i e. Franz, du redst im Fieber.

W o y z e c k. Teufel! – Hat er da gestanden, so, so?

M a r i e. Dieweil der Tag lang und die Welt alt is, können
viel Menschen an einem Platz stehn, einer nach dem andern.

W o y z e c k. Ich hab ihn gesehn!

M a r i e. Man kann viel sehn, wenn man zwei Augen hat
und nicht blind is und die Sonn scheint.

W o y z e c k. Mensch! *(Geht auf sie los.)*

M a r i e. Rühr mich an, Franz! Ich hätt lieber ein Messer
in den Leib als deine Hand auf meiner. Mein Vater hat
mich nicht anzugreifen gewagt, wie ich zehn Jahr alt war,
wenn ich ihn ansah.

W o y z e c k. Weib! – Nein, es müßte was an dir sein!
Jeder Mensch is ein Abgrund; es schwindelt einem, wenn
man hinabsieht. – Es wäre! Sie geht wie die Unschuld!
Nun, Unschuld, du hast ein Zeichen an dir. Weiß ich's?
Weiß ich's? Wer weiß es? *(Er geht.)*

DIE WACHTSTUBE

Woyzeck. Andres.

A n d r e s *(singt)*. Frau Wirtin hat ne brave Magd,
Sie sitzt im Garten Tag und Nacht,
Sie sitzt in ihrem Garten . . .

W o y z e c k. Andres!

A n d r e s. Nu?

W o y z e c k. Schön Wetter.

A n d r e s. Sonntagswetter – Musik vor der Stadt. Vorhin
sind die Weibsbilder hinaus; die Mensche dampfe, das
geht!

W o y z e c k *(unruhig)*. Tanz, Andres, sie tanze!

A n d r e s. Im Rößl und im Sternen.

W o y z e c k. Tanz, Tanz!

A n d r e s. Meintwege.
> Sie sitzt in ihrem Garten,
> Bis daß das Glöcklein zwölfe schlägt,
> Und paßt auf die Solda-aten.

W o y z e c k. Andres, ich hab kei Ruh.

A n d r e s. Narr!

W o y z e c k. Ich muß hinaus. Es dreht sich mir vor den Augen. Tanz, Tanz! Wird sie heiße Händ habe? Verdammt, Andres!

A n d r e s. Was willst du?

W o y z e c k. Ich muß fort, muß sehen.

A n d r e s. Du Unfried! Wegen dem Mensch?

W o y z e c k. Ich muß hinaus, 's is so heiß dahie.

WIRTSHAUS

Die Fenster offen, Tanz. Bänke vor dem Haus. Bursche.

E r s t e r   H a n d w e r k s b u r s c h.
> Ich hab ein Hemdlein an, das ist nicht mein;
> Meine Seele stinkt nach Branndewein –

Z w e i t e r   H a n d w e r k s b u r s c h. Bruder, soll ich dir aus Freundschaft ein Loch in die Natur machen? Vorwärts! Ich will ein Loch in die Natur machen! Ich bin auch ein Kerl, du weißt – ich will ihm alle Flöh am Leib totschlagen.

E r s t e r   H a n d w e r k s b u r s c h. Meine Seele, meine Seele stinkt nach Branndewein! – Selbst das Geld geht in Verwesung über! Vergißmeinnicht, wie ist diese Welt so schön! Bruder, ich muß ein Regenfaß vollgreinen vor Wehmut! Ich wollt, unsre Nasen wären zwei Bouteillen und wir könnten sie uns einander in den Hals gießen.

A n d r e *(im Chor)*. Ein Jäger aus der Pfalz
> Ritt einst durch einen grünen Wald.
> Halli, hallo, ha lustig ist die Jägerei
> Allhier auf grüner Heid.
> Das Jagen ist mei Freud.

(Woyzeck stellt sich ans Fenster. Marie und der Tambourmajor tanzen vorbei, ohne ihn zu bemerken.)

W o y z e c k. Er! Sie! Teufel!

M a r i e *(im Vorbeitanzen)*. Immer zu, immer zu –

W o y z e c k *(erstickt)*. Immer zu – immer zu! *(Fährt heftig auf und sinkt zurück auf die Bank.)* Immer zu, immer zu!

(Schlägt die Hände ineinander.) Dreht euch, wälzt euch!
Warum bläst Gott nicht die Sonn aus, daß alles in Un-
zucht sich übereinander wälzt, Mann und Weib, Mensch
und Vieh. Tut's am hellen Tag, tut's einem auf den Händen wie die Mücken! — Weib! Das Weib is heiß, heiß! —
Immer zu, immer zu! *(Fährt auf.)* Der Kerl, wie er an
ihr herumgreift, an ihrem Leib! Er, er hat sie — wie ich
zu Anfang. *(Er sinkt betäubt zusammen.)*

E r s t e r H a n d w e r k s b u r s c h *(predigt auf dem Tisch).*
Jedoch, wenn ein Wandrer, der gelehnt steht an dem
Strom der Zeit oder aber sich die göttliche Weisheit be-
antwortet und sich anredet: Warum *ist* der Mensch? Warum *ist* der Mensch? — Aber wahrlich, ich sage euch, von
was hätte der Landmann, der Weißbinder, der Schuster,
der Arzt leben sollen, wenn Gott den Menschen nicht geschaffen hätte? Von was hätte der Schneider leben sollen,
wenn er dem Menschen nicht die Empfindung der Scham
eingepflanzt hätte, von was der Soldat, wenn er ihn nicht
mit dem Bedürfnis, sich totzuschlagen, ausgerüstet hätte?
Darum zweifelt nicht — ja, ja, es ist lieblich und fein, aber
alles Irdische ist übel, selbst das Geld geht in Verwesung
über. — Zum Beschluß, meine geliebten Zuhörer, laßt uns
noch übers Kreuz pissen, damit ein Jud stirbt!
*(Unter allgemeinem Gejohle erwacht Woyzeck und rast
davon.)*

FREIES FELD

W o y z e c k. Immer zu! Immer zu! Still, Musik. *(Reckt sich
gegen den Boden.)* Ha! Was, was sagt ihr? Lauter! Lauter!
Stich, stich die Zickwolfin tot? — Stich, stich die — Zickwolfin tot! — Soll ich? Muß ich? Hör ich's da auch, sagt's
der Wind auch? Hör ich's immer, immer zu: stich tot, tot!

WIRTSHAUS

Tambourmajor. Woyzeck. Leute.

T a m b o u r m a j o r. Ich bin ein Mann! *(schlägt sich auf
die Brust)* ein Mann, sag ich. Wer will was? Wer kein
besoffner Herrgott ist, der laß sich von mir. Ich will ihm
die Nas ins Arschloch prügeln! Ich will — *(Zu Woyzeck.)*

Du Kerl, sauf! Ich wollt, die Welt wär Schnaps, Schnaps
– der Mann muß saufen!

W o y z e c k *(pfeift).*

T a m b o u r m a j o r. Kerl, soll ich dir die Zung aus dem
Hals ziehn und sie um den Leib herumwickeln? *(Sie rin-
gen, Woyzeck verliert.)* Soll ich dir noch so viel Atem
lassen als 'en Altweiberfurz, soll ich?

W o y z e c k *(setzt sich erschöpft zitternd auf eine Bank).*

T a m b o u r m a j o r. Der Kerl soll dunkelblau pfeifen.

      Branndewein, das ist mein Leben,
      Branndwein gibt Courage!

E i n e. Der hat sein Fett.

A n d r e. Er blut'.

W o y z e c k. Eins nach dem andern.

EIN ZIMMER IN DER KASERNE

Nacht. Andres und Woyzeck in einem Bett.

W o y z e c k *(schüttelt Andres).* Andres! Andres! Ich kann
nit schlafen! Wenn ich die Aug' zumach, dreht sich's immer, und ich hör die Geigen, immer zu, immer zu. Und
dann spricht's aus der Wand. Hörst du nix?

A n d r e s. Ja – laß sie tanze! Einer is müd, und dann Gott
behüt uns, Amen.

W o y z e c k. Es red't immer: stich! stich! Und zieht mir
zwischen den Augen wie ein Messer –

A n d r e s. Schlaf, Narr! – *(Er schläft wieder ein.)*

W o y z e c k. Andres! –

KASERNENHOF

W o y z e c k. Hast nix gehört?

A n d r e s. Er is da noch mit einem Kameraden.

W o y z e c k. Er hat was gesagt.

A n d r e s. Woher weißt du's? Was soll ich's sagen? Nu, er
lachte, und dann sagt' er: ein köstlich Weibsbild! Die hat
Schenkel und alles so heiß!

W o y z e c k *(ganz kalt).* So, hat er das gesagt. Von was
hat mir doch heut nacht geträumt? War's nicht von einem
Messer? Was man doch närrische Träume hat.

A n d r e s. Wohin, Kamerad?

W o y z e c k. Meim Offizier Wein holen. – Aber, Andres,
 sie war doch ein einzig Mädel.
A n d r e s. Wer war?
W o y z e c k. Nix. Adies! *(Ab.)*

MARIENS KAMMER

M a r i e *(blättert in der Bibel).* »Und ist kein Betrug in
 seinem Munde erfunden« . . . Herrgott, Herrgott! Sieh
 mich nicht an! *(Blättert weiter.)* »Aber die Pharisäer
 brachten ein Weib zu ihm, im Ehebruch begriffen, und
 stelleten sie ins Mittel dar . . . Jesus aber sprach: So ver-
 damme ich dich auch nicht. Geh hin und sündige hinfort
 nicht mehr!« *(Schlägt die Hände zusammen:)* Herrgott!
 Herrgott! Ich kann nicht! – Herrgott, gib mir nur so viel,
 daß ich beten kann. *(Das Kind drängt sich an sie.)* Das
 Kind gibt mir einen Stich ins Herz. – Karl! Das brüst'
 sich in der Sonne!
N a r r *(liegt und erzählt sich Märchen an den Fingern).*
 Der hat die goldne Kron, der Herr König . . . Morgen hol
 ich der Frau Königin ihr Kind . . . Blutwurst sagt: komm,
 Leberwurst. – *(Er nimmt das Kind und wird still.)*
M a r i e. Der Franz ist nit gekommen, gestern nit, heut nit.
 Es wird heiß hier! *(Sie macht das Fenster auf.)* – »Und
 trat hinein zu seinen Füßen und weinete, und fing an seine
 Füße zu netzen mit Tränen und mit den Haaren ihres
 Hauptes zu trocknen, und küssete seine Füße und salbete
 sie mit Salben . . .« *(Schlägt sich auf die Brust.)* Alles tot!
 Heiland! Heiland! Ich möchte dir die Füße salben! –

TRÖDLERLADEN

Woyzeck. Der Jude.

W o y z e c k. Das Pistolchen ist zu teuer.
J u d e. Nu, kauft's oder kauft's nit, was is?
W o y z e c k. Was kost' das Messer?
J u d e. 's ist ganz grad. Wollt Ihr Euch den Hals mit ab-
 schneiden? Nu, was is es? Ich geb's Euch so wohlfeil wie
 ein andrer. Ihr sollt Euern Tod wohlfeil haben, aber doch
 nit umsonst. Was is es? Er soll einen ökonomischen Tod
 haben.

Woyzeck. Das kann mehr als Brot schneiden –
Jude. Zwee Grosche.
Woyzeck. Da! *(Geht ab.)*
Jude. Da! Als ob's nichts wär! Und es is doch Geld. – Der
Hund!

KASERNE

Andres. Woyzeck kramt in seinen Sachen.

Woyzeck. Das Kamisolchen, Andres, ist nit zur Montur.
Du kannst's brauchen, Andres. Das Kreuz ist meiner
Schwester und das Ringlein. Ich hab auch noch ein' Heili-
gen, zwei Herze und schön Gold – es lag in meiner Mutter
Bibel, und da steht:
Herr! Wie dein Leib war rot und wund,
So laß mein Herz sein aller Stund.
Mein Mutter fühlt nur noch, wenn ihr die Sonn auf die
Händ scheint – das tut nix.
Andres *(ganz starr, sagt zu allem).* Jawohl.
Woyzeck *(zieht ein Papier hervor).* Friedrich Johann
Franz Woyzeck, Wehrmann, Füsilier im 2. Regiment,
2. Bataillon, 4. Kompanie, geboren Mariä Verkündigung,
den 20. Juli – ich bin heut alt 30 Jahr, 7 Monat und
12 Tage.
Andres. Franz, du kommst ins Lazarett. Armer, du mußt
Schnaps trinken und Pulver drin, das töt' das Fieber.
Woyzeck. Ja, Andres, wenn der Schreiner die Hobel-
späne sammelt, es weiß niemand, wer seinen Kopf drauf-
legen wird.

STRASSE

Marie mit Mädchen vor der Haustür. Großmutter.
Später Woyzeck.

Mädchen. Wie scheint die Sonn am Lichtmeßtag
Und steht das Korn im Blühn.
Sie gingen wohl die Wiese hin,
Sie gingen zu zwein und zwein.
Die Pfeifer gingen voran,
Die Geiger hinterdrein,
Sie hatten rote Socken an ...

E r s t e s K i n d. Das ist nit schön.

Z w e i t e s K i n d. Was willst du auch immer!

E r s t e s K i n d. Marie, sing du uns!

M a r i e. Ich kann nit.

E r s t e s K i n d. Warum?

M a r i e. Darum.

Z w e i t e s K i n d. Aber warum darum?

D r i t t e s K i n d. Großmutter, erzähl!

G r o ß m u t t e r. Kommt, ihr kleinen Krabben! – Es war
einmal ein arm Kind und hatt kein Vater und keine Mutter, war alles tot und war niemand mehr auf der Welt.
Alles tot, und es is hingangen und hat gesucht Tag und
Nacht. Und weil auf der Erde niemand mehr war, wollt's
in Himmel gehn, und der Mond guckt es so freundlich an;
und wie es endlich zum Mond kam, war's ein Stück faul
Holz. Und da is es zur Sonn gangen, und wie es zur
Sonn kam, war's ein verwelkt Sonneblum. Und wie's zu
den Sternen kam, waren's kleine goldne Mücken, die waren angesteckt, wie der Neuntöter sie auf die Schlehen
steckt. Und wie's wieder auf die Erde wollt, war die Erde
ein umgestürzter Hafen. Und es war ganz allein, und da
hat sich's hingesetzt und geweint, und da sitzt es noch
und is ganz allein.

W o y z e c k. Marie!

M a r i e *(erschreckt).* Was is?

W o y z e c k. Marie, wir wollen gehn. 's is Zeit.

M a r i e. Wohinaus?

W o y z e c k. Weiß ich's?

WALDSAUM AM TEICH

Marie und Woyzeck.

M a r i e. Also dort hinaus is die Stadt. 's is finster.

W o y z e c k. Du sollst noch bleiben. Komm, setz dich!

M a r i e. Aber ich muß fort.

W o y z e c k. Du wirst dir die Füß nit wund laufe.

M a r i e. Wie bist du nur auch!

W o y z e c k. Weißt du auch, wie lang es jetzt is, Marie?

M a r i e. Am Pfingsten zwei Jahr.

W o y z e c k. Weißt du auch, wie lang es noch sein wird?

M a r i e. Ich muß fort, das Nachtessen richten.

W o y z e c k. Friert's dich, Marie? Und doch bist du warm!
Was du heiße Lippen hast! Heiß, heißen Hurenatem! Und
doch möcht ich den Himmel geben, sie noch einmal zu
küssen . . . Wenn man kalt is, so friert man nicht mehr.
Du wirst vom Morgentau nicht frieren.
M a r i e. Was sagst du?
W o y z e c k. Nix.·

(Schweigen.)

M a r i e. Was der Mond rot aufgeht!
W o y z e c k. Wie ein blutig Eisen.
M a r i e. Was hast du vor? Franz, du bist so blaß. *(Er holt
mit dem Messer aus.)* Franz, halt ein! Um des Himmels
willen, Hilfe, Hilfe!
W o y z e c k *(sticht drauflos)*. Nimm das und das! Kannst
du nicht sterben? So! So! – Ha, sie zuckt noch; noch nicht,
noch nicht? Immer noch. *(Stößt nochmals zu.)* – Bist du
tot? Tot! Tot! . . . *(Er läßt das Messer fallen und läuft
weg.)*

MARIENS KAMMER

Der Idiot Karl. Das Kind. Woyzeck.

K a r l *(hält das Kind vor sich auf dem Schoß)*. Der is ins
Wasser gefallen, der is ins Wasser gefallen, mir, der is ins
Wasser gefallen.
W o y z e c k. Bub, Christian!
K a r l *(sieht ihn starr an)*. Der is ins Wasser gefallen.
W o y z e c k *(will das Kind liebkosen, es wendet sich weg
und schreit)*. Herrgott!
K a r l. Der is ins Wasser gefallen.
W o y z e c k. Christianchen, du bekommst en Reuter, sa sa.
(Das Kind wehrt sich; zu Karl.) Da, kauf dem Bub en
Reuter!
K a r l *(sieht ihn starr an)*.
W o y z e c k. Hop! hop! Roß.
K a r l *(jauchzend)*. Hop! hop! Roß! Roß! *(Läuft mit dem
Kind weg.)*

WIRTSHAUS

W o y z e c k. Tanzt alle, immer zu, schwitzt und stinkt, er
holt euch doch einmal alle. *(Singt.)*

> Ach, Tochter, liebe Tochter,
> Was hast du gedenkt,
> Daß du dich an die Landkutscher
> Und die Fuhrleut hast gehenkt.

(Er tanzt.) So, Käthe, setz dich! Ich hab heiß, heiß. *(Er
zieht den Rock aus.)* Es ist einmal so, der Teufel holt die
eine und läßt die andre laufen. Käthe, du bist heiß! Warum denn? Käthe, du wirst auch noch kalt werden. Sei
vernünftig! – Kannst du nicht singen?

K ä t h e. Ins Schwabenland, das mag ich nicht,
> Und lange Kleider trag ich nicht,
> Denn lange Kleider, spitze Schuh,
> Die kommen keiner Dienstmagd zu.

W o y z e c k. Nein, keine Schuh, man kann auch ohne Schuh
in die Höll gehn.

K ä t h e. O pfui, mein Schatz, das war nicht fein,
> Behalt dein Taler und schlaf allein.

W o y z e c k. Ja, wahrhaftig, ich möchte mich nicht blutig
machen.

K ä t h e. Aber was hast du an deiner Hand?

W o y z e c k. Ich? Ich?

K ä t h e. Rot! Blut! *(Es stellen sich Leute um sie.)*

W o y z e c k. Blut? Blut?

W i r t. Uu – Blut!

W o y z e c k. Ich glaub, ich hab mich geschnitten, da an der
rechten Hand.

W i r t. Wie kommt's aber an den Ellenbogen?

W o y z e c k. Ich hab's abgewischt.

W i r t. Was, mit der rechten Hand an den rechten Ellenbogen? Ihr seid geschickt.

N a r r. Und da hat der Ries gesagt: Ich riech, ich riech
Menschenfleisch. Puh, das stinkt schon.

W o y z e c k. Teufel, was wollt ihr? Was geht's euch an?
Platz, oder der erste – Teufel! Meint ihr, ich hätt jemand
umgebracht? Bin ich ein Mörder? Was gafft ihr? Guckt
euch selbst an! Platz da! *(Er läuft hinaus.)*

WALDWEG AM TEICH
Woyzeck (allein).

W o y z e c k. Das Messer? Wo is das Messer? Ich hab es da
gelassen. Es verrät mich! Näher, noch näher! Was is das
für ein Platz? Was hör ich? Es rührt sich was. Still. Da in
der Nähe. Marie? Ha, Marie! Still. Alles still! Was bist
du so bleich, Marie? Was hast du eine rote Schnur um den
Hals? Bei wem hast du das Halsband verdient mit deinen
Sünden? Du warst schwarz davon, schwarz! Hab ich dich
gebleicht? Was hängen deine schwarzen Haare so wild?
Hast du deine Zöpfe heut nicht geflochten? Da liegt was!
Kalt, naß, still! Weg von dem Platz! – Das Messer, das
Messer! Hab ich's? So! *(Er läuft zum Wasser.)* So, da hin-
unter! *(Er wirft das Messer hinein.)* Es taucht in das
dunkle Wasser wie ein Stein. Der Mond ist wie ein blutig
Eisen! Will denn die ganze Welt es ausplaudern! – Nein,
es liegt zu weit vorn, wenn sie sich baden. *(Er geht in den
Teich und wirft weit.)* So jetzt – aber im Sommer, wenn
sie tauchen nach Muscheln – bah, es wird rostig, wer kann's
erkennen. – Hätt ich es zerbrochen! – Bin ich noch blutig?
Ich muß mich waschen. Da ein Fleck und da noch einer.
(Geht ins Wasser.)
　　　　　　(Es kommen Leute.)
E r s t e P e r s o n. Halt!
Z w e i t e P e r s o n. Hörst du? Still! Dort!
E r s t e. Uu! Da! Was ein Ton!
Z w e i t e. Es ist das Wasser, es ruft: schon lang ist niemand
ertrunken. Fort! Es ist nicht gut, es zu hören!
E r s t e. Uu! Jetzt wieder! – Wie ein Mensch, der stirbt!
Z w e i t e. Es ist unheimlich! So dunstig, allenthalben Ne-
belgrau, und das Summen der Käfer wie gesprungene
Glocken. Fort!
E r s t e. Nein, zu deutlich, zu laut! Da hinauf! Komm mit!

STRASSE
Kinder.

E r s t e s K i n d. Fort zu Marien!
Z w e i t e s K i n d. Was is?
E r s t e s K i n d. Weißt du's nit? Sie sind schon alle hin-
aus. Drauß liegt eine!

Z w e i t e s K i n d. Wo?

E r s t e s K i n d. Links über die Loh in das Wäldchen am roten Kreuz.

Z w e i t e s K i n d. Kommt schnell, daß wir noch was sehen. Sie tragen's sonst hinein.

WALDWEG AM TEICH

Gerichtsdiener, Arzt, Richter.

P o l i z i s t. Ein guter Mord, ein echter Mord, ein schöner Mord. So schön, als man ihn nur verlangen tun kann. Wir haben schon lange so keinen gehabt.

Leonce und Lena

Ein Lustspiel

VORREDE

Alfieri: »E la fama?«
Gozzi: »E la fame?«

PERSONEN

König Peter vom Reiche Popo
Prinz Leonce, sein Sohn, verlobt mit
Prinzessin Lena vom Reiche Pipi
Valerio
Die Gouvernante
Der Hofmeister
Der Zeremonienmeister
Der Präsident des Staatsrats
Der Hofprediger
Der Landrat
Der Schulmeister
Rosetta
Zwei Polizeidiener
    Bediente. Staatsräte. Bauern.

ERSTER AKT

ERSTE SZENE

Ein Garten.

Leonce (halb ruhend auf einer Bank). Der Hofmeister.

L e o n c e. Mein Herr, was wollen Sie von mir? Mich auf meinen Beruf vorbereiten? Ich habe alle Hände voll zu tun, ich weiß mir vor Arbeit nicht zu helfen. – Sehen Sie, erst habe ich auf den Stein hier dreihundertfünfundsechzigmal hintereinander zu spucken. Haben Sie das noch nicht probiert? Tun Sie es, es gewährt eine ganz eigne Unterhaltung. Dann – sehen Sie diese Handvoll Sand? *(Er nimmt Sand auf, wirft ihn in die Höhe und fängt ihn mit dem Rücken der Hand wieder auf.)* – Jetzt werf ich sie in die Höhe. Wollen wir wetten? Wieviel Körnchen hab ich jetzt auf dem Handrücken? Grad oder ungrad? – Wie? Sie wollen nicht wetten? Sind Sie ein Heide? Glauben Sie an Gott? Ich wette gewöhnlich mit mir selbst und kann es tagelang so treiben. Wenn Sie einen Menschen aufzutreiben wissen, der Lust hätte, manchmal mit mir zu wetten, so werden Sie mich sehr verbinden. Dann – habe ich nachzudenken, wie es wohl angehn mag, daß ich mir auf den Kopf sehe. Oh, wer sich einmal auf den Kopf sehen könnte! Das ist eins von meinen Idealen. Mir wäre geholfen. Und dann – und dann noch unendlich viel der Art. – Bin ich ein Müßiggänger? Habe ich jetzt keine Beschäftigung? – Ja, es ist traurig . . .

H o f m e i s t e r. Sehr traurig, Euer Hoheit.

L e o n c e. Daß die Wolken schon seit drei Wochen von Westen nach Osten ziehen. Es macht mich ganz melancholisch.

H o f m e i s t e r. Eine sehr gegründete Melancholie.

L e o n c e. Mensch, warum widersprechen Sie mir nicht? Sie haben dringende Geschäfte, nicht wahr? Es ist mir leid, daß ich Sie so lange aufgehalten habe. *(Der Hofmeister entfernt sich mit einer tiefen Verbeugung.)* Mein Herr, ich gratuliere Ihnen zu der schönen Parenthese, die Ihre Beine machen, wenn Sie sich verbeugen.

L e o n c e *(allein, streckt sich auf der Bank aus).* Die Bienen sitzen so träg an den Blumen, und der Sonnenschein liegt so faul auf dem Boden. Es krassiert ein entsetzlicher Müßiggang. – Müßiggang ist aller Laster Anfang. – Was die Leute nicht alles aus Langeweile treiben! Sie studieren aus Langeweile, sie beten aus Langeweile, sie verlieben, verheiraten und vermehren sich aus Langeweile und sterben endlich aus Langeweile, und – das ist der Humor davon – alles mit den wichtigsten Gesichtern, ohne zu merken, warum, und meinen Gott weiß was dazu. Alle diese Helden, diese Genies, diese Dummköpfe, diese Heiligen, diese Sünder, diese Familienväter sind im Grunde nichts als raffinierte Müßiggänger. – Warum muß ich es gerade wissen? Warum kann ich mir nicht wichtig werden und der armen Puppe einen Frack anziehen und einen Regenschirm in die Hand geben, daß sie sehr rechtlich und sehr nützlich und sehr moralisch würde? Warum muß ich es gerade wissen? Ich bin ein elender Spaßmacher. Warum kann ich meinen Spaß nicht auch mit einem ernsthaften Gesicht vorbringen? – Der Mann, der eben von mir ging, ich beneidete ihn, ich hätte ihn aus Neid prügeln mögen. Oh, wer einmal jemand anders sein könnte! Nur 'ne Minute lang. – *(Valerio, etwas betrunken, tritt auf.)* Wie der Mensch läuft! Wenn ich nur etwas unter der Sonne wüßte, was mich noch könnte laufen machen.

V a l e r i o *(stellt sich dicht vor den Prinzen, legt den Finger an die Nase und sieht ihn starr an).* Ja!

L e o n c e *(ebenso).* Richtig!

V a l e r i o. Haben Sie mich begriffen?

L e o n c e. Vollkommen.

V a l e r i o. Nun, so wollen wir von etwas anderm reden. Ich werde mich indessen in das Gras legen und meine Nase oben zwischen den Halmen herausblühen lassen und romantische Empfindungen beziehen, wenn die Bienen und Schmetterlinge sich darauf wiegen wie auf einer Rose.

L e o n c e. Aber Bester, schnaufen Sie nicht so stark, oder die Bienen und Schmetterlinge müssen verhungern über den ungeheuren Prisen, die Sie aus den Blumen ziehen.

V a l e r i o. Ach Herr, was ich ein Gefühl für die Natur
habe! Das Gras steht so schön, daß man ein Ochs sein
möchte, um es fressen zu können, und dann wieder ein
Mensch, um den Ochsen zu essen, der solches Gras ge-
fressen.

L e o n c e. Unglücklicher, Sie scheinen auch an Idealen zu
laborieren.

V a l e r i o. O Gott! Ich laufe schon seit acht Tagen einem
Ideal von Rindfleisch nach, ohne es irgendwo in der Reali-
tät anzutreffen. *(Er setzt sich auf den Boden.)* Seht diese
Ameisen, liebe Kinder, es ist bewundernswürdig, welcher
Instinkt in diesen kleinen Geschöpfen, Ordnung, Fleiß –
Herr, es gibt nur drei Arten, sein Geld auf menschliche
Weise zu verdienen: es finden, in der Lotterie gewinnen,
erben oder in Gottes Namen stehlen, wenn man die Ge-
schicklichkeit hat, keine Gewissensbisse zu bekommen.

L e o n c e. Du bist mit diesen Prinzipien ziemlich alt geworden, ohne vor Hunger oder am Galgen zu sterben.

V a l e r i o. Ja, Herr, und das behaupte ich: wer sein Geld
auf eine andere Art erwirbt, ist ein Schuft.

L e o n c e. Denn wer arbeitet, ist ein subtiler Selbstmörder,
und ein Selbstmörder ist ein Verbrecher, und ein Verbrecher ist ein Schuft, also, wer arbeitet, ist ein Schuft.

V a l e r i o. Ja – aber dennoch sind die Ameisen ein sehr
nützliches Ungeziefer; und doch sind sie wieder nicht so
nützlich, als wenn sie gar keinen Schaden täten. Es ist ein
Jammer! Man kann keinen Kirchturm herunterspringen,
ohne den Hals zu brechen. Man kann keine vier Pfund
Kirschen mit den Steinen essen, ohne Leibweh zu kriegen.
Seht, Herr, ich könnte mich in eine Ecke setzen und singen vom Abend bis zum Morgen: »Hei, da sitzt e Fleig
an der Wand! Fleig an der Wand! Fleig an der Wand!«
und so fort bis zum Ende meines Lebens.

L e o n c e. Halt's Maul mit deinem Lied, man könnte darüber ein Narr werden.

V a l e r i o. So wäre man doch etwas. Ein Narr! Ein Narr!
Wer will mir seine Narrheit gegen meine Vernunft ver-
handeln? – Ha, ich bin Alexander der Große! Wie mir die
Sonne eine goldne Krone in die Haare scheint, wie meine
Uniform blitzt! Herr Generalissimus Heupferd, lassen Sie
die Truppen anrücken! Herr Finanzminister Kreuzspinne,
ich brauche Geld! Liebe Hofdame Libelle, was macht

meine teure Gemahlin Bohnenstange? Ach bester Herr
Leibmedicus Kantharide, ich bin um einen Erbprinzen
verlegen. Und zu diesen köstlichen Phantasien bekommt
man gute Suppe, gutes Fleisch, gutes Brot, ein gutes Bett
und das Haar umsonst geschoren – im Narrenhaus nämlich –, während ich mit meiner gesunden Vernunft mich
höchstens noch zur Beförderung der Reife auf einen
Kirschbaum verdingen könnte, um – nun? – um?

L e o n c e. Um die Kirschen durch die Löcher in deinen
Hosen schamrot zu machen! Aber, Edelster, dein Hand-
werk, deine Profession, dein Gewerbe, dein Stand, deine
Kunst?

V a l e r i o *(mit Würde)*. Herr, ich habe die große Beschäftigung, müßig zu gehen; ich habe eine ungemeine Fertig-
keit im Nichtstun; ich besitze eine ungeheure Ausdauer in
der Faulheit. Keine Schwiele schändet meine Hände, der
Boden hat noch keinen Tropfen von meiner Stirne getrun-
ken, ich bin noch Jungfrau in der Arbeit; und wenn es mir
nicht der Mühe zu viel wäre, würde ich mir die Mühe
nehmen, Ihnen diese Verdienste weitläufiger auseinander-
zusetzen.

L e o n c e *(mit komischem Enthusiasmus)*. Komm an meine
Brust! Bist du einer von den Göttlichen, welche mühelos
mit reiner Stirne durch den Schweiß und Staub über die
Heerstraße des Lebens wandeln und mit glänzenden Soh-
len und blühenden Leibern gleich seligen Göttern in den
Olympus treten? Komm! Komm!

V a l e r i o *(singt im Abgehen)*. Hei, da sitzt e Fleig an der
Wand! Fleig an der Wand! Fleig an der Wand!
(Beide Arm in Arm ab.)

ZWEITE SZENE

Ein Zimmer.

König Peter wird von zwei Kammerdienern angekleidet.

P e t e r *(während er angekleidet wird)*. Der Mensch muß
denken, und ich muß für meine Untertanen denken; denn
sie denken nicht, sie denken nicht. – Die Substanz ist das
An-Sich, das bin ich. *(Er läuft fast nackt im Zimmer herum.)* Begriffen? An-Sich ist an sich, versteht ihr? Jetzt

kommen meine Attribute, Modifikationen, Affektionen
und Akzidenzien: wo ist mein Hemd, meine Hose? –
Halt, pfui! Der freie Wille steht da vorn ganz offen.
Wo ist die Moral: wo sind die Manschetten? Die Kate-
gorien sind in der schändlichsten Verwirrung: es sind
zwei Knöpfe zuviel zugeknöpft, die Dose steckt in der
rechten Tasche; mein ganzes System ist ruiniert. – Ha, was
bedeutet der Knopf im Schnupftuch? Kerl, was bedeutet
der Knopf, an was wollte ich mich erinnern?

Erster Kammerdiener. Als Eure Majestät diesen
Knopf in Ihr Schnupftuch zu knüpfen geruhten, so wollten Sie –

König. Nun?

Erster Kammerdiener. Sich an etwas erinnern.

Peter. Eine verwickelte Antwort! – Ei! Nun, und was
meint Er?

Zweiter Kammerdiener. Eure Majestät wollten
sich an etwas erinnern, als Sie diesen Knopf in Ihr
Schnupftuch zu knüpfen geruhten.

Peter *(läuft auf und ab)*. Was? Was? Die Menschen machen mich konfus, ich bin in der größten Verwirrung. Ich
weiß mir nicht mehr zu helfen.

(Ein Diener tritt auf.)

Diener. Eure Majestät, der Staatsrat ist versammelt.

Peter *(freudig)*. Ja, das ist's, das ist's: Ich wollte mich an
mein Volk erinnern. – Kommen Sie, meine Herren! Gehen
Sie symmetrisch. Ist es nicht sehr heiß? Nehmen Sie doch
auch Ihre Schnupftücher und wischen Sie sich das Gesicht.
Ich bin immer so in Verlegenheit, wenn ich öffentlich
sprechen soll.

(Alle ab.)

König Peter. Der Staatsrat.

Peter. Meine Lieben und Getreuen, ich wollte euch hiermit kund und zu wissen tun, kund und zu wissen tun –
denn, entweder verheiratet sich mein Sohn oder nicht –
(legt den Finger an die Nase) entweder, oder – ihr versteht mich doch? Ein Drittes gibt es nicht. Der Mensch
muß denken. *(Steht eine Zeitlang sinnend.)* Wenn ich so
laut rede, so weiß ich nicht, wer es eigentlich ist, ich oder

ein anderer, das ängstigt mich. *(Nach langem Besinnen.)*
Ich bin ich. – Was halten Sie davon, Präsident?

P r ä s i d e n t *(gravitätisch langsam).* Eure Majestät, vielleicht ist es so, vielleicht ist es aber auch nicht so.

D e r g a n z e S t a a t s r a t i m C h o r. Ja, vielleicht ist
es so, vielleicht ist es aber auch nicht so.

P e t e r *(mit Rührung).* O meine Weisen! – Also von was
war eigentlich die Rede? Von was wollte ich sprechen?
Präsident, was haben Sie ein so kurzes Gedächtnis bei
einer so feierlichen Gelegenheit! Die Sitzung ist aufgeho-
ben.

(Er entfernt sich feierlich, der ganze Staatsrat folgt ihm.)

DRITTE SZENE

Ein reichgeschmückter Saal. Kerzen brennen.

Leonce mit einigen Dienern.

L e o n c e. Sind alle Läden geschlossen? Zündet die Kerzen
an! Weg mit dem Tag! Ich will Nacht, tiefe ambrosische
Nacht. Stellt die Lampen unter Kristallglocken zwischen
die Oleander, daß sie wie Mädchenaugen unter den Wim-
pern der Blätter hervorträumen. Rückt die Rosen näher,
daß der Wein wie Tautropfen auf die Kelche sprudle.
Musik! Wo sind die Violinen? Wo ist die Rosetta? – Fort!
Alle hinaus!

(Die Diener gehen ab. Leonce streckt sich auf ein Ruhebett.)

Rosetta, zierlich gekleidet, tritt ein.
Man hört Musik aus der Ferne.

R o s e t t a *(nähert sich schmeichelnd).* Leonce!
L e o n c e. Rosetta!
R o s e t t a. Leonce!
L e o n c e. Rosetta!
R o s e t t a. Deine Lippen sind träg. Vom Küssen?
L e o n c e. Vom Gähnen!
R o s e t t a. Oh!
L e o n c e. Ach Rosetta, ich habe die entsetzliche Arbeit...
R o s e t t a. Nun?
L e o n c e. Nichts zu tun...

R o s e t t a. Als zu lieben?

L e o n c e. Freilich Arbeit!

R o s e t t a *(beleidigt)*. Leonce!

L e o n c e. Oder Beschäftigung.

R o s e t t a. Oder Müßiggang.

L e o n c e. Du hast recht wie immer. Du bist ein kluges
Mädchen, und ich halte viel auf deinen Scharfsinn.

R o s e t t a. So liebst du mich aus Langeweile?

L e o n c e. Nein, ich habe Langeweile, weil ich dich liebe.
Aber ich liebe meine Langeweile wie dich. Ihr seid eins.
O dolce far niente! Ich träume über deinen Augen wie an
wunderheimlichen tiefen Quellen, das Kosen deiner Lip-
pen schläfert mich ein wie Wellenrauschen. *(Er umfaßt sie.)*
Komm, liebe Langeweile, deine Küsse sind ein wollüstiges
Gähnen, und deine Schritte sind ein zierlicher Hiatus.

R o s e t t a. Du liebst mich, Leonce?

L e o n c e. Ei warum nicht?

R o s e t t a. Und immer?

L e o n c e. Das ist ein langes Wort: immer! Wenn ich dich
nun noch fünftausend Jahre und sieben Monate liebe, ist's
genug? Es ist zwar viel weniger als immer, ist aber doch
eine erkleckliche Zeit, und wir können uns Zeit nehmen,
uns zu lieben.

R o s e t t a. Oder die Zeit kann uns das Lieben nehmen.

L e o n c e. Oder das Lieben uns die Zeit. Tanze, Rosetta,
tanze, daß die Zeit mit dem Takt deiner niedlichen Füße
geht.

R o s e t t a. Meine Füße gingen lieber aus der Zeit. *(Sie
tanzt und singt.)*

> O meine müden Füße, ihr müßt tanzen
> In bunten Schuhen,
> Und möchtet lieber tief, tief
> Im Boden ruhen.
>
> O meine heißen Wangen, ihr müßt glühen
> Im wilden Kosen,
> Und möchtet lieber blühen –
> Zwei weiße Rosen.
>
> O meine armen Augen, ihr müßt blitzen
> Im Strahl der Kerzen,
> Und schlieft im Dunkel lieber aus
> Von euren Schmerzen.

L e o n c e *(indes träumend vor sich hin)*. Oh, eine sterbende Liebe ist schöner als eine werdende. Ich bin ein Römer; bei dem köstlichen Mahle spielen zum Dessert die goldnen Fische in ihren Todesfarben. Wie ihr das Rot von den Wangen stirbt, wie still das Auge ausglüht, wie leis das Wogen ihrer Glieder steigt und fällt! Adio, adio, meine Liebe, ich will deine Leiche lieben. *(Rosetta nähert sich ihm wieder.)* Tränen, Rosetta? Ein feiner Epikureismus – weinen zu können. Stelle dich in die Sonne, damit die köstlichen Tropfen kristallisieren, es muß prächtige Diamanten geben. Du kannst dir ein Halsband daraus machen lassen.

R o s e t t a. Wohl Diamanten, sie schneiden mir in die Augen. Ach, Leonce! *(Will ihn umfassen.)*

L e o n c e. Gib acht! Mein Kopf! Ich habe unsere Liebe darin beigesetzt. Sieh zu den Fenstern meiner Augen hinein. Siehst du, wie schön tot das arme Ding ist? Siehst du die zwei weißen Rosen auf seinen Wangen und die zwei roten auf seiner Brust? Stoß mich nicht, daß ihm kein Ärmchen abbricht, es wäre schade. Ich muß meinen Kopf gerade auf den Schultern tragen, wie die Totenfrau einen Kindersarg.

R o s e t t a *(scherzend)*. Narr!

L e o n c e. Rosetta! *(Rosetta macht ihm eine Fratze.)* Gott sei Dank! *(Hält sich die Augen zu.)*

R o s e t t a *(erschrocken)*. Leonce, sieh mich an!

L e o n c e. Um keinen Preis.

R o s e t t a. Nur einen Blick!

L e o n c e. Keinen! Was meinst du: um ein klein wenig, und meine liebe Liebe käme wieder auf die Welt. Ich bin froh, daß ich sie begraben habe. Ich behalte den Eindruck.

R o s e t t a *(entfernt sich traurig und langsam, sie singt im Abgehn)*.   Ich bin eine arme Waise,
Ich fürchte mich ganz allein.
Aber lieber Gram –
Willst du nicht kommen mit mir heim?

L e o n c e *(allein)*. Ein sonderbares Ding um die Liebe. Man liegt ein Jahr lang schlafwachend zu Bette, und an einem schönen Morgen wacht man auf, trinkt ein Glas Wasser, zieht seine Kleider an und fährt sich mit der Hand über die Stirn und besinnt sich – und besinnt sich. – Mein Gott, wieviel Weiber hat man nötig, um die Skala der Liebe auf und ab zu singen? Kaum, daß eine einen Ton ausfüllt. Warum ist der Dunst über unsrer Erde ein Prisma, das den weißen Glutstrahl der Liebe in einen Regenbogen bricht? – *(Er trinkt.)* In welcher Bouteille steckt denn der Wein, an dem ich mich heute betrinken soll? Bringe ich es nicht einmal mehr so weit? Ich sitze wie unter einer Luftpumpe. Die Luft so scharf und dünn, daß mich friert, als sollte ich in Nankinghosen Schlittschuh laufen. – Meine Herren, meine Herren, wißt ihr auch, was Caligula und Nero waren? Ich weiß es. – Komm, Leonce, halte mir einen Monolog, ich will zuhören. Mein Leben gähnt mich an wie ein großer weißer Bogen Papier, den ich vollschreiben soll, aber ich bringe keinen Buchstaben heraus. Mein Kopf ist ein leerer Tanzsaal, einige verwelkte Rosen und zerknitterte Bänder auf dem Boden, geborstene Violinen in der Ecke, die letzten Tänzer haben die Masken abgenommen und sehen mit todmüden Augen einander an. Ich stülpe mich jeden Tag vierundzwanzigmal herum wie einen Handschuh. Oh, ich kenne mich, ich weiß, was ich in einer Viertelstunde, was ich in acht Tagen, was ich in einem Jahr denken und träumen werde. Gott, was habe ich denn verbrochen, daß du mich wie einen Schulbuben meine Lektion so oft hersagen läßt? –

Bravo, Leonce! Bravo! *(Er klatscht.)* Es tut mir ganz wohl, wenn ich mir so rufe. He! Leonce! Leonce!

V a l e r i o *(unter einem Tisch hervor).* Eure Hoheit scheint mir wirklich auf dem besten Weg, ein wahrhaftiger Narr zu werden.

L e o n c e. Ja, beim Licht besehen, kommt es mir eigentlich ebenso vor.

V a l e r i o. Warten Sie, wir wollen uns darüber sogleich ausführlicher unterhalten! Ich habe nur noch ein Stück Braten zu verzehren, das ich aus der Küche, und etwas Wein, den ich von Ihrem Tische gestohlen. Ich bin gleich fertig.

L e o n c e. Das schmatzt. Der Kerl verursacht mir ganz idyllische Empfindungen; ich könnte wieder mit dem Einfachsten anfangen, ich könnte Käs essen, Bier trinken, Tabak rauchen. Mach fort, grunze nicht so mit deinem Rüssel und klappre mit deinen Hauern nicht so.

V a l e r i o. Wertester Adonis, sind Sie in Angst um Ihre Schenkel? Sein Sie unbesorgt, ich bin weder ein Besen-

binder noch ein Schulmeister; ich brauche keine Gerten
zu Ruten.

L e o n c e. Du bleibst nichts schuldig.

V a l e r i o. Ich wollte, es ginge meinem Herrn ebenso.

L e o n c e. Meinst du, damit du zu deinen Prügeln kämst?
Bist du so besorgt um deine Erziehung?

V a l e r i o. O Himmel, man kömmt leichter zu seiner Er-
zeugung als zu seiner Erziehung. Es ist traurig, in welche
Umstände einen andere Umstände versetzen können! Was
für Wochen hab ich erlebt, seit meine Mutter in die Wochen kam! Wieviel Gutes hab ich empfangen, das ich meiner Empfängnis zu danken hätte?

L e o n c e. Was deine Empfänglichkeit betrifft, so könnte
sie es nicht besser treffen, um getroffen zu werden. Drück
dich besser aus, oder du sollst den unangenehmsten Eindruck von meinem Nachdruck haben.

V a l e r i o. Als meine Mutter um das Vorgebirg der Guten
Hoffnung schiffte . . .

L e o n c e. Und dein Vater am Kap Horn Schiffbruch litt . . .

V a l e r i o. Richtig, denn er war Nachtwächter. Doch setzte
er das Horn nicht so oft an die Lippen als die Väter edler
Söhne an die Stirn.

L e o n c e. Mensch, du besitzest eine himmlische Unver-
schämtheit. Ich fühle ein gewisses Bedürfnis, mich in nä-
here Berührung mit ihr zu setzen. Ich habe eine große
Passion, dich zu prügeln.

V a l e r i o. Das ist eine schlagende Antwort und ein trifti-
ger Beweis.

L e o n c e *(geht auf ihn los)*. Oder du bist eine geschlagene
Antwort. Denn du bekommst Prügel für deine Antwort.

V a l e r i o *(läuft weg, Leonce stolpert und fällt)*. Und Sie
sind ein Beweis, der noch geführt werden muß; denn er
fällt über seine eigenen Beine, die im Grund genommen
selbst noch zu beweisen sind. Es sind höchst unwahrschein-
liche Waden und sehr problematische Schenkel.

Der Staatsrat tritt auf. Leonce bleibt auf dem Boden sitzen.
Valerio.

P r ä s i d e n t. Eure Hoheit verzeihen . . .

L e o n c e. Wie mir selbst! Wie mir selbst! Ich verzeihe mir
die Gutmütigkeit, Sie anzuhören. Meine Herren, wollen

Sie nicht Platz nehmen? – Was die Leute für Gesichter
machen, wenn sie das Wort »Platz« hören! Setzen Sie sich
nur auf den Boden und genieren Sie sich nicht! Es ist doch
der letzte Platz, den Sie einst erhalten, aber er trägt nie-
mandem etwas ein – außer dem Totengräber.

P r ä s i d e n t *(verlegen mit den Fingern schnipsend)*. Geruhen Eure Hoheit . . .

L e o n c e. Aber schnipsen Sie nicht so mit den Fingern,
wenn Sie mich nicht zum Mörder machen wollen!

P r ä s i d e n t *(immer stärker schnipsend)*. Wollen gnädigst,
in Betracht . . .

L e o n c e. Mein Gott, stecken Sie doch die Hände in die
Hosen, oder setzen Sie sich darauf! Er ist ganz aus der
Fassung. Sammeln Sie sich!

V a l e r i o. Man darf Kinder nicht während des P . . . . . .
unterbrechen, sie bekommen sonst eine Verhaltung.

L e o n c e. Mann, fassen Sie sich. Bedenken Sie Ihre Familie
und den Staat! Sie riskieren einen Schlagfluß, wenn Ihnen
Ihre Rede zurücktritt.

P r ä s i d e n t *(zieht ein Papier aus der Tasche)*. Erlauben
Eure Hoheit . . .

L e o n c e. Was? Sie können schon lesen? Nun denn . . .

P r ä s i d e n t. Daß man der zu erwartenden Ankunft von
Eurer Hoheit verlobter Braut, der Durchlauchtigsten Prinzessin Lena von Pipi, auf morgen sich zu gewärtigen habe,
davon läßt Ihro Königliche Majestät Eure Hoheit benach-
richtigen.

L e o n c e. Wenn meine Braut mich erwartet, so werde ich
ihr den Willen tun und sie auf mich warten lassen. Ich
habe sie gestern nacht im Traum gesehen, sie hatte ein
paar Augen, so groß, daß die Tanzschuhe meiner Rosetta
zu Augenbrauen darüber gepaßt hätten, und auf den
Wangen waren keine Grübchen, sondern ein paar Abzugs-
gräben für das Lachen. Ich glaube an Träume. Träumen
Sie auch zuweilen, Herr Präsident? Haben Sie auch
Ahnungen?

V a l e r i o. Versteht sich. Immer die Nacht vor dem Tag,
an dem ein Braten verbrennt, ein Kapaun krepiert oder
Ihre Königliche Majestät Leibweh bekommt.

L e o n c e. Apropos, hatten Sie nicht noch etwas auf der
Zunge? Geben Sie nur alles von sich.

P r ä s i d e n t. An dem Tage der Vermählung ist ein höchster Wille gesonnen, seine allerhöchsten Willensäußerungen in die Hände Eurer Hoheit niederzulegen.

L e o n c e. Sagen Sie einem höchsten Willen, daß ich alles tun werde, das ausgenommen, was ich werde bleiben lassen, was aber jedenfalls nicht so viel sein wird, als wenn es noch einmal so viel wäre. – Meine Herren, Sie entschuldigen, daß ich Sie nicht begleite, ich habe gerade die Passion, zu sitzen, aber meine Gnade ist so groß, daß ich sie mit den Beinen kaum ausmessen kann. *(Er spreizt die Beine auseinander.)* Herr Präsident, nehmen Sie doch das Maß, damit Sie mich später daran erinnern. Valerio, gib den Herren das Geleite.

V a l e r i o. Das Geläute? Soll ich dem Herrn Präsidenten eine Schelle anhängen? Soll ich sie führen, als ob sie auf allen vieren gingen?

L e o n c e. Mensch, du bist nichts als ein schlechtes Wortspiel. Du hast weder Vater noch Mutter, sondern die fünf Vokale haben dich miteinander erzeugt.

V a l e r i o. Und Sie, Prinz, sind ein Buch ohne Buchstaben, mit nichts als Gedankenstrichen. – Kommen Sie jetzt, meine Herren. Es ist eine traurige Sache um das Wort »kommen«. Will man ein Einkommen, so muß man stehlen; an ein Aufkommen ist nicht zu denken, als wenn man sich hängen läßt; ein Unterkommen findet man erst, wenn man begraben wird, und ein Auskommen hat man jeden Augenblick mit seinem Witz, wenn man nichts mehr zu sagen weiß, wie ich zum Beispiel eben, und Sie, *ehe* Sie noch etwas gesagt haben. Ihr Abkommen haben Sie gefunden, und Ihr Fortkommen werden Sie jetzt zu suchen ersucht.

(Staatsrat und Valerio ab.)

L e o n c e *(allein).* Wie gemein ich mich zum Ritter an den armen Teufeln gemacht habe! Es steckt nun aber doch einmal ein gewisser Genuß in einer gewissen Gemeinheit. – Hm! Heiraten! Das heißt einen Ziehbrunnen leer trinken. O Shandy, alter Shandy, wer mir deine Uhr schenkte![1] – *(Valerio kommt zurück.)* Ach, Valerio, hast du es gehört?

1. Anspielung auf den Roman *Tristram Shandy* von Laurence Sterne, in welchem der Vater der Titelfigur ein solches Gewohnheitsdasein führte, daß er sich auch in seinen ehelichen Pflichten nach der regelmäßig einmal im Monat aufgezogenen Hausuhr richtete. (Der Hrsg.)

V a l e r i o. Nun, Sie sollen König werden. Das ist eine
lustige Sache. Man kann den ganzen Tag spazierenfahren
und den Leuten die Hüte verderben durchs viele Abzie-
hen; man kann aus ordentlichen Menschen ordentliche
Soldaten ausschneiden, so daß alles ganz natürlich wird;
man kann schwarze Fräcke und weiße Halsbinden zu
Staatsdienern machen; und wenn man stirbt, so laufen
alle blanken Knöpfe blau an, und die Glockenstricke reißen wie Zwirnsfäden vom vielen Läuten. Ist das nicht
unterhaltend?

L e o n c e. Valerio! Valerio! Wir müssen was anderes treiben. Rate!

V a l e r i o. Ach, die Wissenschaft, die Wissenschaft! Wir
wollen Gelehrte werden! A priori? Oder a posteriori?

L e o n c e. A priori, das muß man bei meinem Herrn Vater
lernen; und a posteriori fängt alles an, wie ein altes Märchen: es war einmal!

V a l e r i o. So wollen wir Helden werden! *(Er marschiert
trompetend und trommelnd auf und ab.)* Trom – trom –
pläre – plem!

L e o n c e. Aber der Heroismus fuselt abscheulich und bekommt das Lazarettfieber und kann ohne Leutnants und
Rekruten nicht bestehen. Pack dich mit deiner Alexan-
ders- und Napoleonsromantik!

V a l e r i o. So wollen wir Genies werden!

L e o n c e. Die Nachtigall der Poesie schlägt den ganzen
Tag über unserm Haupt, aber das Feinste geht zum Teufel, bis wir ihr die Federn ausreißen und in die Tinte oder
die Farbe tauchen.

V a l e r i o. So wollen wir nützliche Mitglieder der menschlichen Gesellschaft werden!

L e o n c e. Lieber möchte ich meine Demission als Mensch
geben.

V a l e r i o. So wollen wir zum Teufel gehen!

L e o n c e. Ach, der Teufel ist nur des Kontrastes wegen da,
damit wir begreifen sollen, daß am Himmel doch eigentlich etwas sei. *(Aufspringend.)* Ah, Valerio, Valerio, jetzt
hab ich's! Fühlst du nicht das Wehen aus Süden? Fühlst
du nicht, wie der tiefblaue, glühende Äther auf und ab
wogt, wie das Licht blitzt von dem goldnen, sonnigen
Boden, von der heiligen Salzflut und von den Marmor-
säulen und -leibern? Der große Pan schläft, und die eher-

nen Gestalten träumen im Schatten über den tiefrauschenden Wellen von dem alten Zaubrer Virgil, von Tarantella und Tamburin und tiefen, tollen Nächten voll Masken, Fackeln und Gitarren. Ein Lazzaroni! Valerio, ein Lazzaroni! Wir gehen nach Italien.

VIERTE SZENE

Ein Garten.

Prinzessin Lena im Brautschmuck. Die Gouvernante.

L e n a. Ja, jetzt! Da ist es. Ich dachte die Zeit an nichts. Es ging so hin, und auf einmal richtet sich *der* Tag vor mir auf. Ich habe den Kranz im Haar – und die Glocken, die Glocken! *(Sie lehnt sich zurück und schließt die Augen.)* Sieh, ich wollte, der Rasen wüchse so über mich, und die Bienen summten über mir hin; sieh, jetzt bin ich eingekleidet und habe Rosmarin im Haar. Gibt es nicht ein altes Lied:
> Auf dem Kirchhof will ich liegen,
> Wie ein Kindlein in der Wiegen.

G o u v e r n a n t e. Armes Kind, wie Sie bleich sind unter Ihren blitzenden Steinen!

L e n a. O Gott, ich könnte lieben, warum nicht? Man geht ja so einsam und tastet nach einer Hand, die einen hielte, bis die Leichenfrau die Hände auseinandernähme und sie jedem über der Brust faltete. Aber warum schlägt man einen Nagel durch zwei Hände, die sich nicht suchten? Was hat meine arme Hand getan? *(Sie zieht einen Ring vom Finger.)* Dieser Ring sticht mich wie eine Natter.

G o u v e r n a n t e. Aber – er soll ja ein wahrer Don Carlos sein!

L e n a. Aber – ein Mann . . .

G o u v e r n a n t e. Nun?

L e n a. Den man nicht liebt. *(Sie erhebt sich.)* Pfui! Siehst du, ich schäme mich. – Morgen ist aller Duft und Glanz von mir gestreift. Bin ich denn wie die arme, hülflose Quelle, die jedes Bild, das sich über sie bückt, in ihrem stillen Grund abspiegeln muß? Die Blumen öffnen und schließen, wie sie wollen, ihre Kelche der Morgensonne und dem Abendwind. Ist denn die Tochter eines Königs weniger als eine Blume?

G o u v e r n a n t e *(weinend)*. Lieber Engel, du bist doch
ein wahres Opferlamm.

L e n a. Jawohl, und der Priester hebt schon das Messer. –
Mein Gott, mein Gott, ist es denn wahr, daß wir uns
selbst erlösen müssen mit unserm Schmerz? Ist es denn
wahr, die Welt sei ein gekreuzigter Heiland, die Sonne
seine Dornenkrone, und die Sterne die Nägel und Speere
in seinen Füßen und Lenden?

G o u v e r n a n t e. Mein Kind, mein Kind! Ich kann dich
nicht so sehen. Es kann nicht so gehen, es tötet dich. –
Vielleicht, wer weiß! Ich habe so etwas im Kopf. Wir
wollen sehen. Komm! *(Sie führt die Prinzessin weg.)*

ZWEITER AKT

> *Wie ist mir eine Stimme doch erklungen*
> *Im tiefsten Innern,*
> *Und hat mit einem Male mir verschlungen*
> *All mein Erinnern.*
>
> Adelbert von Chamisso

ERSTE SZENE

Freies Feld. Ein Wirtshaus im Hintergrund.

Leonce und Valerio, der einen Pack trägt, treten auf.

V a l e r i o *(keuchend)*. Auf Ehre, Prinz, die Welt ist doch
ein ungeheuer weitläufiges Gebäude.

L e o n c e. Nicht doch! Nicht doch! Ich wage kaum die
Hände auszustrecken wie in einem engen Spiegelzimmer,
aus Furcht, überall anzustoßen, daß die schönen Figuren
in Scherben auf dem Boden lägen und ich vor der kahlen
nackten Wand stünde.

V a l e r i o. Ich bin verloren.

L e o n c e. Da wird niemand einen Verlust dabei haben, als
wer dich findet.

V a l e r i o. Ich werde mich nächstens in den Schatten meines Schattens stellen.

L e o n c e. Du verflüchtigst dich ganz an der Sonne. Siehst
du die schöne Wolke da oben? Sie ist wenigstens ein Viertel

von dir. Sie sieht ganz wohlbehaglich auf deine gröberen materiellen Stoffe herab.

Valerio. Die Wolke könnte Ihrem Kopf nichts schaden, wenn man sie Ihnen Tropfen für Tropfen darauffallen ließe. – Ein köstlicher Einfall! Wir sind schon durch ein Dutzend Fürstentümer, durch ein halbes Dutzend Großherzogtümer und durch ein paar Königreiche gelaufen, und das in der größten Übereilung in einem halben Tag – und warum? Weil man König werden und eine schöne Prinzessin heiraten soll! Und Sie leben noch in einer solchen Lage? Ich begreife Ihre Resignation nicht. Ich begreife nicht, daß Sie nicht Arsenik genommen, sich auf das Geländer des Kirchturms gestellt und sich eine Kugel durch den Kopf gejagt haben, um es ja nicht zu verfehlen.

Leonce. Aber Valerio, die Ideale! Ich habe das Ideal eines Frauenzimmers in mir und muß es suchen. Sie ist unendlich schön und unendlich geistlos. Die Schönheit ist da so hülflos, so rührend wie ein neugebornes Kind. Es ist ein köstlicher Kontrast: diese himmlisch stupiden Augen, dieser göttlich einfältige Mund, dieses schafnasige griechische Profil, dieser geistige Tod in diesem geistlosen Leib.

Valerio. Teufel. Da sind wir schon wieder auf der Grenze.

Zwei Polizeidiener treten auf.

Erster Polizeidiener. Halt, wo ist der Kerl?

Zweiter Polizeidiener. Da sind zwei.

Erster Polizeidiener. Sieh einmal, ob keiner davonläuft.

Zweiter Polizeidiener. Ich glaube, es läuft keiner.

Erster Polizeidiener. So müssen wir sie beide inquirieren. – Meine Herren, wir suchen jemand, ein Subjekt, ein Individuum, eine Person, einen Delinquenten, einen Inquisiten, einen Kerl. (*Zu dem andern Polizeidiener.*) Sieh einmal, wird keiner rot?

Zweiter Polizeidiener. Es ist keiner rot geworden.

Erster Polizeidiener. So müssen wir es anders probieren. – Wo ist der Steckbrief, das Signalement, das Zertifikat? (*Zweiter Polizeidiener zieht ein Papier aus der Tasche und überreicht es ihm.*) Visiere die Subjekte, ich will lesen: ein Mensch –

Z w e i t e r   P o l i z e i d i e n e r. Paßt nicht, es sind zwei.
E r s t e r   P o l i z e i d i e n e r. Dummkopf! geht auf zwei
   Füßen, hat zwei Arme, ferner einen Mund, eine Nase,
   zwei Augen, zwei Ohren. Besondere Kennzeichen: ein
   höchst gefährliches Individuum.
Z w e i t e r   P o l i z e i d i e n e r. Das paßt auf beide. Soll
   ich sie beide arretieren?
E r s t e r   P o l i z e i d i e n e r. Zwei, das ist gefährlich, wir
   sind auch nur zwei. Aber ich will einen Rapport machen.
   Es ist ein Fall von sehr kriminalischer Verwicklung oder
   sehr verwickelter Kriminalität. Denn wenn ich mich be-
   trinke und mich in mein Bett lege, so ist das meine Sache
   und geht niemand was an. Wenn ich aber mein Bett ver-
   trinke, so ist das die Sache von wem, Schlingel?
Z w e i t e r   P o l i z e i d i e n e r. Ja, ich weiß nicht.
E r s t e r   P o l i z e i d i e n e r. Ja, ich auch nicht, aber das
   ist der Punkt.

(Sie gehen ab.)

V a l e r i o. Da leugne einer die Vorsehung! Seht, was man
   nicht mit einem Floh ausrichten kann! Denn wenn es mich
   nicht heute nacht überlaufen hätte, so hätte ich nicht den
   Morgen mein Bett an die Sonne getragen, und hätte ich
   es nicht an die Sonne getragen, so wäre ich nicht damit
   neben das Wirtshaus zum Mond geraten, und wenn Sonne
   und Mond es nicht beschienen hätten, so hätte ich aus
   meinem Strohsack keinen Wein keltern und mich daran
   betrinken können, und wenn das alles nicht geschehen
   wäre, so wäre ich jetzt nicht in Ihrer Gesellschaft, werteste Ameisen, und würde von Ihnen skelettiert und von
   der Sonne aufgetrocknet, sondern würde ein Stück Fleisch
   tranchieren und eine Bouteille Wein austrocknen – im
   Spital nämlich.
L e o n c e. Ein erbaulicher Lebenslauf.
V a l e r i o. Ich habe einen läufigen Lebenslauf. Denn nur
   mein Laufen hat im Lauf dieses Krieges mein Leben vor
   einem Lauf gerettet, der ein Loch in dasselbe machen
   wollte. Ich bekam infolge dieser Rettung eines Menschen-
   lebens einen trocknen Husten, welcher den Doktor an-
   nehmen ließ, daß mein Laufen ein Galoppieren geworden
   sei und ich die galoppierende Auszehrung hätte. Da ich
   nun zugleich fand, daß ich ohne Zehrung sei, so verfiel ich

in oder vielmehr auf ein zehrendes Fieber, worin ich täglich, um dem Vaterland einen Verteidiger zu erhalten, gute Suppe, gutes Rindfleisch, gutes Brot essen und guten Wein trinken mußte. *(Er hebt eine Zwiebel vom Boden auf und beginnt sie zu schälen.)* Das ist ein Land wie eine Zwiebel: nichts als Schalen, oder wie ineinandergesteckte Schachteln: in der größten sind nichts als Schachteln und in der kleinsten ist gar nichts. *(Er wirft seinen Pack zu Boden.)* Soll denn dieser Pack mein Grabstein werden? Sehen Sie, Prinz – ich werde philosophisch –, ein Bild des menschlichen Lebens: Ich schleppe diesen Pack mit wunden Füßen durch Frost und Sonnenbrand, weil ich abends ein reines Hemd anziehen will, und wenn endlich der Abend kommt, so ist meine Stirn gefurcht, meine Wange hohl, mein Auge dunkel, und ich habe grade noch Zeit, mein Hemd anzuziehen, als Totenhemd. Hätte ich nun nicht gescheiter getan, ich hätte mein Bündel vom Stecken gehoben und es in der ersten besten Kneipe verkauft und hätte mich dafür betrunken und im Schatten geschlafen, bis es Abend geworden wäre, und hätte nicht geschwitzt und mir keine Leichdörner gelaufen? Und, Prinz, jetzt kommt die Anwendung und die Praxis: aus lauter Schamhaftigkeit wollen wir jetzt auch den inneren Menschen bekleiden und Rock und Hosen inwendig anziehen. *(Beide gehen auf das Wirtshaus los.)* Ei, du lieber Pack, welch ein köstlicher Duft, welche Weindüfte und Bratengerüche! Ei, ihr lieben Hosen, wie wurzelt ihr im Boden und grünt und blüht, und die langen, schweren Trauben hängen mir in den Mund, und der Most gärt unter der Kelter.

(Sie gehen ab.)

Prinzessin Lena, die Gouvernante (kommen).

Gouvernante. Es muß ein bezauberter Tag sein, die Sonne geht nicht unter, und es ist so unendlich lang seit unsrer Flucht.

Lena. Nicht doch, meine Liebe, die Blumen sind ja kaum welk, die ich zum Abschied brach, als wir aus dem Garten gingen.

Gouvernante. Und wo sollen wir ruhen? Wir sind noch auf gar nichts gestoßen. Ich sehe kein Kloster, keinen Eremiten, keinen Schäfer.

L e n a. Wir haben alles wohl anders geträumt mit unsern
Büchern hinter der Mauer unsers Gartens, zwischen unsern
Myrten und Oleandern.

G o u v e r n a n t e. Oh, die Welt ist abscheulich! An einen
irrenden Königssohn ist gar nicht zu denken.

L e n a. Oh, sie ist schön und so weit, so unendlich weit! Ich
möchte immer so fortgehen, Tag und Nacht. Es rührt sich
nichts. Ein roter Blumenschein spielt über die Wiesen, und
die fernen Berge liegen auf der Erde wie ruhende Wolken.

G o u v e r n a n t e. Du mein Jesus, was wird man sagen?
Und doch ist es so zart und weiblich! Es ist eine Ent-
sagung. Es ist wie die Flucht der heiligen Ottilia. Aber
wir müssen ein Obdach suchen: es wird Abend!

L e n a. Ja, die Pflanzen legen ihre Fiederblättchen zum
Schlaf zusammen, und die Sonnenstrahlen wiegen sich an
den Grashalmen wie müde Libellen.

ZWEITE SZENE

*Das Wirtshaus auf einer Anhöhe, an einem Fluß. Weite Aus-
sicht. Der Garten vor demselben.*

Valerio. Leonce.

V a l e r i o. Nun, Prinz, liefern Ihre Hosen nicht ein köst-
liches Getränk? Laufen Ihnen Ihre Stiefel nicht mit der
größten Leichtigkeit die Kehle hinunter?

L e o n c e. Siehst du die alten Bäume, die Hecken, die Blumen? Das alles hat seine Geschichten, seine lieblichen,
heimlichen Geschichten. Siehst du die greisen freundlichen
Gesichter unter den Reben an der Haustür? Wie sie sitzen
und sich bei den Händen halten und Angst haben, daß sie
so alt sind und die Welt noch so jung ist. O Valerio, und
ich bin so jung, und die Welt ist so alt. Ich bekomme
manchmal eine Angst um mich und könnte mich in eine
Ecke setzen und heiße Tränen weinen aus Mitleid mit mir.

V a l e r i o *(gibt ihm ein Glas).* Nimm diese Glocke, diese
Taucherglocke, und senke dich in das Meer des Weines,
daß es Perlen über dir schlägt. Sieh, wie die Elfen über
dem Kelch der Weinblumen schweben, goldbeschuht, die
Cymbeln schlagend.

L e o n c e *(aufspringend).* Komm, Valerio, wir müssen was
treiben, was treiben! Wir wollen uns mit tiefen Gedanken

abgeben; wir wollen untersuchen, wie es kommt, daß der
Stuhl auf drei Beinen steht und nicht auf zweien. Komm,
wir wollen Ameisen zergliedern, Staubfäden zählen! Ich
werde es doch noch zu irgendeiner fürstlichen Liebhaberei
bringen. Ich werde doch noch eine Kinderrassel finden, die
mir erst aus der Hand fällt, wenn ich Flocken lese und an
der Decke zupfe. Ich habe noch eine gewisse Dosis Enthusiasmus zu verbrauchen; aber wenn ich alles recht warm
gekocht habe, so brauche ich eine unendliche Zeit, um
einen Löffel zu finden, mit dem ich das Gericht esse, und
darüber steht es ab.

V a l e r i o. Ergo bibamus! Diese Flasche ist keine Geliebte,
keine Idee, sie macht keine Geburtsschmerzen, sie wird
nicht langweilig, wird nicht treulos, sie bleibt eins vom
ersten Tropfen bis zum letzten. Du brichst das Siegel, und
alle Träume, die in ihr schlummern, sprühen dir entgegen.

L e o n c e. O Gott! Die Hälfte meines Lebens soll ein Ge-
bet sein, wenn mir nur ein Strohhalm beschert wird, auf
dem ich reite wie auf einem prächtigen Roß, bis ich selbst
auf dem Stroh liege. – Welch unheimlicher Abend! Da unten ist alles still, und da oben wechseln und ziehen die
Wolken, und der Sonnenschein geht und kommt wieder.
Sieh, was seltsame Gestalten sich dort jagen! Sieh die langen weißen Schatten mit den entsetzlich magern Beinen
und Fledermausschwingen! Und alles so rasch, so wirr,
und da unten rührt sich kein Blatt, kein Halm. Die Erde
hat sich ängstlich zusammengeschmiegt wie ein Kind, und
über ihre Wiege schreiten die Gespenster.

V a l e r i o. Ich weiß nicht, was Ihr wollt, mir ist ganz be-
haglich zumut. Die Sonne sieht aus wie ein Wirtshaus-
schild, und die feurigen Wolken darüber wie die Auf-
schrift »Wirtshaus zur goldenen Sonne«. Die Erde und das
Wasser da unten sind wie ein Tisch, auf dem Wein ver-
schüttet ist, und wir liegen darauf wie Spielkarten, mit
denen Gott und der Teufel aus Langeweile eine Partie
machen, und Ihr seid ein Kartenkönig, und ich bin ein
Kartenbube, es fehlt nur noch eine Dame, eine schöne
Dame, mit einem großen Lebkuchenherz auf der Brust
und einer mächtigen Tulpe, worin die lange Nase senti-
mental versinkt *(die Gouvernante und die Prinzessin treten auf)*, und – bei Gott, da ist sie! Es ist aber eigentlich
keine Tulpe, sondern eine Prise Tabak, und es ist eigent-

lich keine Nase, sondern ein Rüssel. *(Zur Gouvernante.)*
Warum schreiten Sie, Werteste, so eilig, daß man Ihre
weiland Waden bis zu Ihren respektabeln Strumpfbän-
dern sieht?

G o u v e r n a n t e *(heftig erzürnt, bleibt stehen).* Warum
reißen Sie, Geehrtester, das Maul so weit auf, daß Sie
einem ein Loch in die Aussicht machen?

V a l e r i o. Damit Sie, Geehrteste, sich die Nase am Hori-
zont nicht blutig stoßen. Solch eine Nase ist wie der Turm
auf Libanon, der gen Damaskum steht.

L e n a *(zur Gouvernante).* Meine Liebe, ist denn der Weg
so lang?

L e o n c e *(träumend vor sich hin).* Oh, jeder Weg ist lang.
Das Picken der Totenuhr in unserer Brust ist langsam,
und jeder Tropfen Blut mißt seine Zeit, und unser Leben
ist ein schleichend Fieber. Für müde Füße ist jeder Weg
zu lang...

L e n a *(die ihm ängstlich sinnend zuhört).* Und müden
Augen jedes Licht zu scharf, und müden Lippen jeder
Hauch zu schwer, *(lächelnd)* und müden Ohren jedes
Wort zu viel. *(Sie tritt mit der Gouvernante in das Haus.)*

L e o n c e. O lieber Valerio! Könnte ich nicht auch sagen:
»Sollte nicht dies und ein Wald von Federbüschen nebst
ein paar gepufften Rosen auf meinen Schuhen —« Ich hab
es, glaub ich, ganz melancholisch gesagt. Gott sei Dank,
daß ich anfange, mit der Melancholie niederzukommen.
Die Luft ist nicht mehr so hell und kalt, der Himmel
senkt sich glühend dicht um mich, und schwere Tropfen
fallen. – O diese Stimme: »Ist denn der Weg so lang?«
Es reden viele Stimmen über die Erde, und man meint, sie
sprächen von andern Dingen, aber ich habe *sie* verstanden.
Sie ruht auf mir wie der Geist, da er über den Wassern
schwebte, eh das Licht ward. Welch Gären in der Tiefe,
welch Werden in mir, wie sich die Stimme durch den
Raum gießt! – »Ist denn der Weg so lang?« *(Geht ab.)*

V a l e r i o. Nein, der Weg zum Narrenhaus ist nicht so
lang; er ist leicht zu finden, ich kenne alle Fußpfade, alle
Vizinalwege und Chausseen dorthin. Ich sehe ihn schon
auf einer breiten Allee dahin, an einem eiskalten Winter-
tag, den Hut unter dem Arm, wie er sich in die langen
Schatten unter die kahlen Bäume stellt und mit dem
Schnupftuch fächelt. – Er ist ein Narr! *(Folgt ihm.)*

DRITTE SZENE

Ein Zimmer.

Lena. Die Gouvernante.

Gouvernante. Denken Sie nicht an den Menschen!

Lena. Er war so alt unter seinen blonden Locken. Den Frühling auf den Wangen und den Winter im Herzen! Das ist traurig. Der müde Leib findet sein Schlafkissen überall, doch wenn der Geist müd ist, wo soll er ruhen? Es kommt mir ein entsetzlicher Gedanke: ich glaube, es gibt Menschen, die unglücklich sind, unheilbar, bloß weil sie *sind. (Sie erhebt sich.)*

Gouvernante. Wohin, mein Kind?

Lena. Ich will hinunter in den Garten.

Gouvernante. Aber ...

Lena. Aber, liebe Mutter? Du weißt, man hätte mich eigentlich in eine Scherbe setzen sollen. Ich brauche Tau und Nachtluft wie die Blumen. – Hörst du die Harmonien des Abends? Wie die Grillen den Tag einsingen und die Nachtviolen ihn mit ihrem Duft einschläfern! Ich kann nicht im Zimmer bleiben. Die Wände fallen auf mich.

VIERTE SZENE

Der Garten. Nacht und Mondschein.

Man sieht Lena, auf dem Rasen sitzend.

Valerio *(in einiger Entfernung).* Es ist eine schöne Sache um die Natur, sie wäre aber doch noch schöner, wenn es keine Schnaken gäbe, die Wirtsbetten etwas reinlicher wären und die Totenuhren nicht so in den Wänden pickten. Drin schnarchen die Menschen, und draußen quaken die Frösche, drin pfeifen die Hausgrillen und draußen die Feldgrillen. Lieber Rasen, dies ist ein rasender Entschluß! *(Er legt sich auf den Rasen nieder.)*

Leonce *(tritt auf).* O Nacht, balsamisch wie die erste, die auf das Paradies herabsank! *(Er bemerkt die Prinzessin und nähert sich ihr leise.)*

Lena *(spricht vor sich hin).* Die Grasmücke hat im Traum gezwitschert. – Die Nacht schläft tiefer, ihre Wange wird

bleicher und ihr Atem stiller. Der Mond ist wie ein schla-
fendes Kind, die goldnen Locken sind ihm im Schlaf über
das liebe Gesicht heruntergefallen. – Oh, sein Schlaf ist
Tod. Wie der tote Engel auf seinem dunklen Kissen ruht
und die Sterne gleich Kerzen um ihn brennen! Armes
Kind! Es ist traurig, tot und so allein.

L e o n c e. Steh auf in deinem weißen Kleid und wandle
hinter der Leiche durch die Nacht und singe ihr das
Sterbelied!

L e n a. Wer spricht da?

L e o n c e. Ein Traum.

L e n a. Träume sind selig.

L e o n c e. So träume dich selig und laß mich dein seliger
Traum sein.

L e n a. Der Tod ist der seligste Traum.

L e o n c e. So laß mich dein Todesengel sein! Laß meine
Lippen sich gleich seinen Schwingen auf deine Augen
senken. *(Er küßt sie.)* Schöne Leiche, du ruhst so lieblich
auf dem schwarzen Bahrtuch der Nacht, daß die Natur
das Leben haßt und sich in den Tod verliebt.

L e n a. Nein, laß mich! *(Sie springt auf und entfernt sich
rasch.)*

L e o n c e. Zu viel! Zu viel! Mein ganzes Sein ist in dem
einen Augenblick. Jetzt stirb! Mehr ist unmöglich. Wie
frischatmend, schönheitglänzend ringt die Schöpfung sich
aus dem Chaos mir entgegen! Die Erde ist eine Schale von
dunklem Gold: wie schäumt das Licht in ihr und flutet
über ihren Rand, und hellauf perlen daraus die Sterne.
Dieser eine Tropfen Seligkeit macht mich zu einem köstlichen Gefäß. Hinab, heiliger Becher! *(Er will sich in den
Fluß stürzen.)*

V a l e r i o *(springt auf und umfaßt ihn).* Halt, Serenissime!

L e o n c e. Laß mich!

V a l e r i o. Ich werde Sie lassen, sobald Sie gelassen sind
und das Wasser zu lassen versprechen.

L e o n c e. Dummkopf!

V a l e r i o. Ist denn Eure Hoheit noch nicht über die Leut-
nantsromantik hinaus; das Glas zum Fenster hinauszu-
werfen, womit man die Gesundheit seiner Geliebten ge-
trunken?

L e o n c e. Ich glaube halbwegs, du hast recht.

V a l e r i o. Trösten Sie sich! Wenn Sie auch nicht heut

nacht *unter* dem Rasen schlafen, so schlafen Sie wenigstens *darauf.* Es wäre ein ebenso selbstmörderischer Versuch, in eins von den Betten gehn zu wollen. Man liegt auf dem Stroh wie ein Toter und wird von den Flöhen gestochen wie ein Lebendiger.

L e o n c e. Meinetwegen. *(Er legt sich ins Gras.)* Mensch, du hast mich um den schönsten Selbstmord gebracht! Ich werde in meinem Leben keinen so vorzüglichen Augenblick mehr dazu finden, und das Wetter ist so vortrefflich. Jetzt bin ich schon aus der Stimmung. Der Kerl hat mir mit seiner gelben Weste und seinen himmelblauen Hosen alles verdorben. — Der Himmel beschere mir einen recht gesunden, plumpen Schlaf.

V a l e r i o. Amen. — Und ich habe ein Menschenleben gerettet und werde mir mit meinem guten Gewissen heut nacht den Leib warmhalten.

L e o n c e. Wohl bekomm's, Valerio.

DRITTER AKT

ERSTE SZENE

Leonce. Valerio.

V a l e r i o. Heiraten?

L e o n c e. Das heißt, Leben und Liebe eins sein lassen, daß die Liebe das Leben ist, und das Leben die Liebe.

V a l e r i o. Seit wann hat es Eure Hoheit zum Ewigen Kalender gebracht?

L e o n c e. Weißt du auch, Valerio, daß selbst der Geringste unter den Menschen so groß ist, daß das Leben noch viel zu kurz ist, um ihn lieben zu können? Und dann kann ich doch einer gewissen Art von Leuten, die sich einbilden, daß nichts so schön und heilig sei, daß sie es nicht noch schöner und heiliger machen müßten, die Freude lassen. Es liegt ein gewisser Genuß in dieser lieben Arroganz. Warum soll ich ihnen denselben nicht gönnen?

V a l e r i o. Sehr human und philobestialisch! Nur denke ich, daß der Wein noch lange kein Mensch ist und daß

man ihn doch sein ganzes Leben lieben kann. Aber weiß
sie auch, wer Sie sind?

L e o n c e. Sie weiß nur, daß sie mich liebt.

V a l e r i o. Und weiß Eure Hoheit auch, wer sie ist?

L e o n c e. Dummkopf! Frag doch die Nelke und die Tau-
perle nach ihrem Namen!

V a l e r i o. Das heißt, sie ist überhaupt etwas, wenn das
nicht schon zu unzart ist und nach dem Signalement
schmeckt. – Aber, wie soll das gehn? Hm! – Prinz, bin ich
Minister, wenn Sie heute vor Ihrem Vater mit der Unaus-
sprechlichen, Namenlosen mittelst des Ehesegens zusam-
mengeschmiedet werden? Ihr Wort?

L e o n c e. Mein Wort!

V a l e r i o. Der arme Teufel Valerio empfiehlt sich seiner
Exzellenz dem Herrn Staatsminister Valerio von Vale-
riental. – »Was will der Kerl? Ich kenne ihn nicht. Fort,
Schlingel!« (*Er läuft weg, Leonce folgt ihm.*)

ZWEITE SZENE

Freier Platz vor dem Schlosse des Königs Peter.

Der Landrat. Der Schulmeister.
Bauern im Sonntagsputz, Tannenzweige haltend.

L a n d r a t. Lieber Herr Schulmeister, wie halten sich Eure
Leute?

S c h u l m e i s t e r. Sie halten sich so gut in ihren Leiden,
daß sie sich schon seit geraumer Zeit aneinander halten.
Sie gießen brav Spiritus in sich, sonst könnten sie sich in
der Hitze unmöglich so lange halten. Courage, ihr Leute!
Streckt eure Tannenzweige grad vor euch hin, damit man
meint, ihr wärt ein Tannenwald, und eure Nasen die Erd-
beeren, und eure Dreimaster die Hörner vom Wildbret,
und eure hirschledernen Hosen der Mondschein darin.
Und merkt's euch: der hinterste läuft immer wieder vor
den vordersten, damit es aussieht, als wärt ihr ins Qua-
drat erhoben.

L a n d r a t. Und, Schulmeister, Ihr steht vor die Nüch-
ternheit.

S c h u l m e i s t e r. Versteht sich, denn ich kann vor Nüch-
ternheit kaum noch stehen.

L a n d r a t. Gebt acht, Leute, im Programm steht: »Sämt-
liche Untertanen werden von freien Stücken reinlich
gekleidet, wohlgenährt und mit zufriedenen Gesichtern
sich längs der Landstraße aufstellen.« Macht uns keine
Schande!

S c h u l m e i s t e r. Seid standhaft! Kratzt euch nicht hinter den Ohren und schneuzt euch die Nasen nicht, solang
das hohe Paar vorbeifährt, und zeigt die gehörige Rührung, oder es werden rührende Mittel gebraucht werden.
Erkennt, was man für euch tut: man hat euch grade so
gestellt, daß der Wind von der Küche über euch geht und
ihr auch einmal in eurem Leben einen Braten riecht.
Könnt ihr noch eure Lektion? He? Vi!

D i e B a u e r n. Vi!

S c h u l m e i s t e r. Vat!

D i e B a u e r n. Vat!

S c h u l m e i s t e r. Vivat!

D i e B a u e r n. Vivat!

S c h u l m e i s t e r. So, Herr Landrat. Sie sehen, wie die
Intelligenz im Steigen ist. Bedenken Sie, es ist Latein. Wir
geben aber auch heut abend einen transparenten Ball mittelst der Löcher in unseren Jacken und Hosen, und schlagen uns mit unseren Fäusten Kokarden an die Köpfe.

DRITTE SZENE

*Großer Saal. Geputzte Herren und Damen, sorgfältig
gruppiert.*

*Der Zeremonienmeister
mit einigen Bedienten auf dem Vordergrund.*

Z e r e m o n i e n m e i s t e r. Es ist ein Jammer! Alles geht
zugrund. Die Braten schnurren ein. Alle Glückwünsche
stehen ab. Alle Vatermörder legen sich um wie melancho-
lische Schweinsohren. Den Bauern wachsen die Nägel und
der Bart wieder. Den Soldaten gehn die Locken auf. Von
den zwölf Unschuldigen ist keine, die nicht das horizon-
tale Verhalten dem senkrechten vorzöge. Sie sehen in
ihren weißen Kleidchen aus wie erschöpfte Seidenhasen,
und der Hofpoet grunzt um sie herum wie ein beküm-
mertes Meerschweinchen. Die Herren Offiziere kommen

um all ihre Haltung, und die Hofdamen stehen da wie
Gradierbäue; das Salz kristallisiert an ihren Halsketten.
Z w e i t e r   B e d i e n t e r. Sie machen es sich wenigstens
bequem; man kann ihnen nicht nachsagen, daß sie auf den
Schultern trügen. Wenn sie auch nicht offenherzig sind, so
sind sie doch offen bis zum Herzen.
Z e r e m o n i e n m e i s t e r. Ja, sie sind gute Karten vom
türkischen Reich; man sieht die Dardanellen und das Mar-
mormeer. Fort, ihr Schlingel! An die Fenster! Da kömmt
Ihro Majestät!

König Peter und der Staatsrat treten ein.

P e t e r. Also auch die Prinzessin ist verschwunden. Hat
man noch keine Spur von unserm geliebten Erbprinzen?
Sind meine Befehle befolgt? Werden die Grenzen be-
obachtet?
Z e r e m o n i e n m e i s t e r. Ja, Majestät. Die Aussicht von
diesem Saal gestattet uns die strengste Aufsicht. *(Zu dem
ersten Bedienten.)* Was hast du gesehen?
E r s t e r   B e d i e n t e r. Ein Hund, der seinen Herrn sucht,
ist durch das Reich gelaufen.
Z e r e m o n i e n m e i s t e r *(zu einem andern).* Und du?
Z w e i t e r   B e d i e n t e r. Es geht jemand auf der Nord-
grenze spazieren, aber es ist nicht der Prinz, ich könnte
ihn erkennen.
Z e r e m o n i e n m e i s t e r. Und du?
D r i t t e r   B e d i e n t e r. Sie verzeihen – nichts.
Z e r e m o n i e n m e i s t e r. Das ist sehr wenig. Und du?
V i e r t e r   D i e n e r. Auch nichts.
Z e r e m o n i e n m e i s t e r. Das ist ebensowenig.
P e t e r. Aber, Staatsrat, habe ich nicht den Beschluß ge-
faßt, daß meine königliche Majestät sich an diesem Tage
freuen und daß an ihm die Hochzeit gefeiert werden
sollte? War das nicht unser festester Entschluß?
P r ä s i d e n t. Ja, Eure Majestät, so ist es protokolliert
und aufgezeichnet.
P e t e r. Und würde ich mich nicht kompromittieren, wenn
ich meinen Beschluß nicht ausführte?
P r ä s i d e n t. Wenn es anders für Eure Majestät möglich
wäre, sich zu kompromittieren, so wäre dies ein Fall,
worin sie sich kompromittieren könnte.

P e t e r. Habe ich nicht mein königliches Wort gegeben? – Ja, ich werde meinen Beschluß sogleich ins Werk setzen, ich werde mich freuen. *(Er reibt sich die Hände.)* Oh, ich bin außerordentlich froh!

P r ä s i d e n t. Wir teilen sämtlich die Gefühle Eurer Majestät, soweit es für Untertanen möglich und schicklich ist.

P e t e r. Oh, ich weiß mir vor Freude nicht zu helfen. Ich werde meinen Kammerherren rote Röcke machen lassen, ich werde einige Kadetten zu Leutnants machen, ich werde meinen Untertanen erlauben – aber, aber, die Hochzeit? Lautet die andere Hälfte des Beschlusses nicht, daß die Hochzeit gefeiert werden sollte?

P r ä s i d e n t. Ja, Eure Majestät.

P e t e r. Ja, wenn aber der Prinz nicht kommt und die Prinzessin auch nicht?

P r ä s i d e n t. Ja, wenn der Prinz nicht kommt und die Prinzessin auch nicht – dann – dann –

P e t e r. Dann, dann?

P r ä s i d e n t. Dann können sie sich eben nicht heiraten.

P e t e r. Halt, ist der Schluß logisch? – Wenn – dann. Richtig! Aber mein Wort, mein königliches Wort!

P r ä s i d e n t. Tröste Eure Majestät sich mit andern Majestäten. Ein königliches Wort ist ein Ding – ein Ding – ein Ding –, das nichts ist.

P e t e r *(zu den Dienern)*. Seht ihr noch nichts?

D i e D i e n e r. Eure Majestät, nichts, gar nichts.

P e t e r. Und ich hatte beschlossen, mich so zu freuen! Grade mit dem Glockenschlag zwölf wollte ich anfangen und wollte mich freuen volle zwölf Stunden – ich werde ganz melancholisch.

P r ä s i d e n t. Alle Untertanen werden aufgefordert, die Gefühle Ihrer Majestät zu teilen.

Z e r e m o n i e n m e i s t e r. Denjenigen, welche kein Schnupftuch bei sich haben, ist das Weinen jedoch Anstandes halber untersagt.

E r s t e r B e d i e n t e r. Halt, ich sehe was! Es ist etwas wie ein Vorsprung, wie eine Nase, das übrige ist noch nicht über der Grenze; und dann seh ich noch einen Mann, und dann noch zwei Personen entgegengesetzten Geschlechts.

Z e r e m o n i e n m e i s t e r. In welcher Richtung?

E r s t e r B e d i e n t e r. Sie kommen näher. Sie gehn auf das Schloß zu. Da sind sie!

*Valerio, Leonce, die Gouvernante und die Prinzessin
treten maskiert auf.*

P e t e r. Wer seid Ihr?

V a l e r i o. Weiß ich's? *(Er nimmt langsam hintereinander
mehrere Masken ab.)* Bin ich das? oder das? oder das?
Wahrhaftig, ich bekomme Angst, ich könnte mich so ganz
auseinanderschälen und -blättern.

P e t e r *(verlegen).* Aber – aber etwas müßt Ihr denn doch
sein?

V a l e r i o. Wenn Eure Majestät es so befehlen. Aber,
meine Herren, hängen Sie dann die Spiegel herum und
verstecken Sie Ihre blanken Knöpfe etwas, und sehen Sie
mich nicht so an, daß ich mich in Ihren Augen spiegeln
muß, oder ich weiß wahrhaftig nicht mehr, was ich eigentlich bin.

P e t e r. Der Mensch bringt mich in Konfusion, zur Despe-
ration. Ich bin in der größten Verwirrung.

V a l e r i o. Aber eigentlich wollte ich einer hohen und
geehrten Gesellschaft verkündigen, daß hiermit die zwei
weltberühmten Automaten angekommen sind und daß ich
vielleicht der dritte und merkwürdigste von beiden bin,
wenn ich eigentlich selbst recht wüßte, wer ich wäre, wor-
über man übrigens sich nicht wundern dürfte, da ich selbst
gar nichts von dem weiß, was ich rede, ja auch nicht einmal weiß, daß ich es nicht weiß, so daß es höchst wahrscheinlich ist, daß man mich nur so reden *läßt,* und es
eigentlich nichts als Walzen und Windschläuche sind, die
das alles sagen. *(Mit schnarrendem Ton.)* Sehen Sie hier,
meine Herren und Damen, zwei Personen beiderlei Geschlechts, ein Männchen und ein Weibchen, einen Herrn
und eine Dame. Nichts als Kunst und Mechanismus, nichts
als Pappendeckel und Uhrfedern! Jede hat eine feine,
feine Feder von Rubin unter dem Nagel der kleinen Zehe
am rechten Fuß, man drückt ein klein wenig, und die Me-
chanik läuft volle fünfzig Jahre. Diese Personen sind so
vollkommen gearbeitet, daß man sie von andern Menschen
gar nicht unterscheiden könnte, wenn man nicht wüßte,
daß sie bloße Pappdeckel sind; man könnte sie eigentlich
zu Mitgliedern der menschlichen Gesellschaft machen. Sie
sind sehr edel, denn sie sprechen Hochdeutsch. Sie sind
sehr moralisch, denn sie stehn auf den Glockenschlag auf,

essen auf den Glockenschlag zu Mittag und gehn auf den Glockenschlag zu Bett; auch haben sie eine gute Verdauung, was beweist, daß sie ein gutes Gewissen haben. Sie haben ein feines sittliches Gefühl, denn die Dame hat gar kein Wort für den Begriff Beinkleider, und dem Herrn ist es rein unmöglich, hinter einem Frauenzimmer eine Treppe hinauf- oder vor ihm hinunterzugehen. Sie sind sehr gebildet, denn die Dame singt alle neuen Opern, und der Herr trägt Manschetten. Geben Sie acht, meine Herren und Damen, sie sind jetzt in einem interessanten Stadium: der Mechanismus der Liebe fängt an, sich zu äußern, der Herr hat der Dame schon einigemal den Schal getragen, die Dame hat schon einigemal die Augen verdreht und gen Himmel geblickt. Beide haben schon mehrmals geflüstert: Glaube, Liebe, Hoffnung! Beide sehen bereits ganz akkordiert aus, es fehlt nur noch das winzige Wörtchen: Amen.

P e t e r *(den Finger an die Nase legend)*. In effigie? In effigie? Präsident, wenn man einen Menschen in effigie hängen läßt, ist das nicht ebensogut, als wenn er ordentlich gehängt würde?

P r ä s i d e n t. Verzeihen, Eure Majestät, es ist noch viel besser, denn es geschieht ihm kein Leid dabei, und er wird dennoch gehängt.

P e t e r. Jetzt hab ich's. Wir feiern die Hochzeit in effigie! *(Auf Lena und Leonce deutend.)* Das ist die Prinzessin, das ist der Prinz. – Ich werde meinen Beschluß durchsetzen, ich werde mich freuen. – Laßt die Glocken läuten! Macht Eure Glückwünsche zurecht! Hurtig, Herr Hofprediger!

(Der Hofprediger tritt vor, räuspert sich, blickt einigemal gen Himmel.)

V a l e r i o. Fang an! Laß deine vermaledeiten Gesichter und fang an! Wohlauf!

H o f p r e d i g e r *(in der größten Verwirrung)*. Wenn wir – oder – aber –

V a l e r i o. Sintemal und alldieweil –

H o f p r e d i g e r. Denn –

V a l e r i o. Es war vor Erschaffung der Welt –

H o f p r e d i g e r. Daß –

V a l e r i o. Gott Langeweile hatte –

P e t e r. Machen Sie es nur kurz, Bester.

Hofprediger *(sich fassend).* Geruhen Eure Hoheit,
Prinz Leonce vom Reiche Popo, und geruhen Eure Ho-
heit, Prinzessin Lena vom Reiche Pipi, und geruhen Eure
Hoheiten gegenseitig, sich beiderseitig einander haben zu
wollen, so sprechen Sie ein lautes und vernehmliches Ja.
Lena und Leonce. Ja!
Hofprediger. So sage ich Amen.
Valerio. Gut gemacht, kurz und bündig; so wären denn
das Männlein und Fräulein erschaffen, und alle Tiere des
Paradieses stehen um sie.
        (Leonce nimmt die Maske ab.)
Alle. Der Prinz!
Peter. Der Prinz! Mein Sohn! Ich bin verloren, ich bin
betrogen! *(Er geht auf die Prinzessin los.)* Wer ist die
Person? Ich lasse alles für ungültig erklären!
Gouvernante *(nimmt der Prinzessin die Maske ab,
triumphierend).* Die Prinzessin!
Leonce. Lena?
Lena. Leonce?
Leonce. Ei, Lena, ich glaube, das war die Flucht in das
Paradies.
Lena. Ich bin betrogen.
Leonce. Ich bin betrogen.
Lena. O Zufall!
Leonce. O Vorsehung!
Valerio. Ich muß lachen, ich muß lachen. Eure Hoheiten
sind wahrhaftig durch den Zufall einander zugefallen; ich
hoffe, Sie werden dem Zufall zu Gefallen – Gefallen an-
einander finden.
Gouvernante. Daß meine alten Augen endlich das
sehen konnten! Ein irrender Königssohn! Jetzt sterb ich
ruhig.
Peter. Meine Kinder, ich bin gerührt, ich weiß mir vor
Rührung kaum zu helfen. Ich bin der glücklichste Mann!
Ich lege aber auch hiermit feierlichst die Regierung in
deine Hände, mein Sohn, und werde sogleich ungestört zu
denken anfangen. Mein Sohn, du überlässest mir diese
Weisen *(er deutet auf den Staatsrat),* damit sie mich in
meinen Bemühungen unterstützen. Kommen Sie, meine
Herren, wir müssen denken, ungestört denken! *(Er entfernt sich mit dem Staatsrat.)* Der Mensch hat mich vorhin
konfus gemacht, ich muß mir wieder heraushelfen.

Leonce *(zu den Anwesenden).* Meine Herren! Meine Gemahlin und ich bedauern unendlich, daß Sie uns heute so lange zu Diensten gestanden sind. Ihre Stellung ist so traurig, daß wir um keinen Preis Ihre Standhaftigkeit länger auf die Probe stellen möchten. Gehn Sie jetzt nach Hause, aber vergessen Sie Ihre Reden, Predigten und Verse nicht, denn morgen fangen wir in aller Ruhe und Gemütlichkeit den Spaß noch einmal von vorne an. Auf Wiedersehn!

(Alle entfernen sich, Leonce, Lena, Valerio und die Gouvernante ausgenommen.)

Leonce. Nun, Lena, siehst du jetzt, wie wir die Taschen voll haben, voll Puppen und Spielzeug? Was wollen wir damit anfangen? Wollen wir ihnen Schnurrbärte machen und ihnen Säbel anhängen? Oder wollen wir ihnen Fräcke anziehen und sie infusorische Politik und Diplomatie treiben lassen und uns mit dem Mikroskop danebensetzen? Oder hast du Verlangen nach einer Drehorgel, auf der die milchweißen ästhetischen Spitzmäuse herumhuschen? Wollen wir ein Theater bauen? *(Lena lehnt sich an ihn und schüttelt den Kopf.)* Aber ich weiß besser, was du willst: wir lassen alle Uhren zerschlagen, alle Kalender verbieten und zählen Stunden und Monden nur nach der Blumenuhr, nur nach Blüte und Frucht. Und dann umstellen wir das Ländchen mit Brennspiegeln, daß es keinen Winter mehr gibt und wir uns im Sommer bis Ischia und Capri hinaufdestillieren, und das ganze Jahr zwischen Rosen und Veilchen, zwischen Orangen und Lorbeer stecken.

Valerio. Und ich werde Staatsminister, und es wird ein Dekret erlassen, daß, wer sich Schwielen in die Hände schafft, unter Kuratel gestellt wird; daß, wer sich krank arbeitet, kriminalistisch strafbar ist; daß jeder, der sich rühmt, sein Brot im Schweiße seines Angesichts zu essen, für verrückt und der menschlichen Gesellschaft gefährlich erklärt wird; und dann legen wir uns in den Schatten und bitten Gott um Makkaroni, Melonen und Feigen, um musikalische Kehlen, klassische Leiber und eine commode Religion!

NACHWORT

Georg Büchner (geb. 17. Oktober 1813 zu Goddelau bei Darmstadt, gest. 19. Februar 1837 zu Zürich) erblickte im gleichen Jahr das Licht der Welt, dem ›Dramatikerjahr‹ 1813, das dem 19. Jahrhundert auch einen Friedrich Hebbel, Otto Ludwig, Richard Wagner und Giuseppe Verdi geschenkt hat. Welche Hoffnungen mit diesem so jungverstorbenen Dichter begraben wurden, zeigt sein Drama *Dantons Tod* (Reclams UB Nr. 6060), zeigen aber auch die beiden hinterlassenen Werke: das Fragment *Woyzeck* und das Lustspiel *Leonce und Lena*, die gerade in ihrer Gegensätzlichkeit die ganze Spannweite des Büchnerschen Genius offenbaren, der ebenso zur Tragödie wie zur Komödie berufen schien.

Das *Woyzeck*-Fragment hat eine wahre Begebenheit zur Unterlage. Am 21. Juni 1821 hatte der einundvierzigjährige Friseur Johann Christian Woyzeck in Leipzig seine Geliebte, eine sechsundvierzigjährige Witwe, im Hauseingang ihrer Wohnung aus Eifersucht erstochen. Langwierige gerichtsärztliche Untersuchungen, die klären sollten, ob Woyzeck voll ›zurechnungsfähig‹ sei, hatten den Fall populär gemacht und die Hinrichtung hinausgeschoben, bis diese schließlich doch am 27. August 1824 auf dem Marktplatz zu Leipzig in Anwesenheit einer großen Volksmenge vollzogen wurde. Büchner hat die amtsärztlichen Berichte des Hofrats Dr. Clarus über den Fall in der *Zeitschrift für Staatsarzeneikunde* 1824 und 1826 wahrscheinlich im Hause seines Vaters, der Arzt und Mitarbeiter dieser Zeitschrift war, kennengelernt. Daß sie die Quelle für seinen *Woyzeck* abgegeben haben, bezeugen eine Menge Einzelheiten, die aus den Berichten in das Stück übergegangen sind. Es handelt sich bei diesem Vorwurf also um einen ›Fall‹ von brennender Aktualität für die damalige Zeit. Gleichwohl sollte das Fragment erst nahezu ein halbes Jahrhundert nach Büchners Tod entdeckt werden (erste, aber entstellte Ausgabe 1879 durch Karl Emil Franzos) und erst ein volles Jahrhundert nach Büchners Geburt seine volle literarische Wirkung ausstrahlen (erste Aufführung 8. November 1913 im Münchener Residenztheater unter der Regie von Eugen Kilian, dem das Hauptverdienst an der Neuentdeckung zukommt).

Uns will heute gerade dieses Werk Büchners als sein menschlich-wärmstes, uns am unmittelbarsten ansprechendes erscheinen. Es ist ein einziger Aufschrei der gequälten menschlichen Kreatur in ihrer untersten Schicht, ein wahrhaft aufrüttelndes und Mitleid erweckendes Sozialdrama von unausweichbarer Eindringlichkeit. Nicht von ungefähr hat sich ein Gerhart Hauptmann von Büchner angezogen gefühlt, wie wir auch staunend in diesem Fragment einen Wedekind, einen Georg Kaiser und Bert Brecht, überhaupt ein gut Teil des sogenannten ›Expressionismus‹ vorweggenommen erkennen müssen. Das Aphoristisch-Skizzenhafte, das oftmals nur Bildhaft-Angedeutete der *Woyzeck*-Szenen hat zudem etwas vom Wesen des Filmischen an sich.

Das Lustspiel *Leonce und Lena* (im Frühjahr 1836 in Straßburg entstanden, angeregt durch ein Preisausschreiben des Cotta-Verlages) wirkt dem *Woyzeck* gegenüber wie ein Satyrspiel nach der Tragödie in der Antike. Auch in ihm grollen gleichsam unterirdisch sozialrevolutionäre Tendenzen, wenn auch in der mildesten Form, der Ironie und der Satire. Beherrschend aber ist eine übermütige Heiterkeit, die sich ihre Nahrung ebenso aus der Romantik, aus Clemens Brentano und Alfred de Musset saugt wie aus der Commedia dell'arte und Shakespeare. Man wird aber gut daran tun, nicht allzu eifrig nach den literarischen Vorbildern zu spüren, die sich leicht aufdrängen, als vielmehr sich unbeschwert der Ausgelassenheit und der Anmut des Lustspiels hinzugeben. Hier ist alles, was im *Woyzeck* bedrückt und erschüttert, ins Märchenhaft-Komödiantische aufgelöst.

Daß den beiden Werken, abgesehen von ihrem hohen dichterischen Wert, auch eine musikalische Note innewohnt, bezeugen die Vertonungen des *Woyzeck* von Alban Berg (*Wozzeck*, 1925) und des Lustspiels von Julius Weismann (1925). Eine zyklische Aufführung dieser Büchner-Opern, zusammen mit Gottfried von Einems Oper *Dantons Tod*, brachten 1961 die Städtischen Bühnen in Dortmund.

Die Texte wurden auf Grund der Ausgabe Fritz Bergemanns (Insel-Verlag, 4. Auflage 1949 und 9. Auflage 1962) zusammengestellt. Beim *Woyzeck* wurden auch die Bearbeitungen und Ausgaben von Ernst Hardt, Arnold Zweig und Kasimir Edschmid herangezogen. Die Reihenfolge der Sze-

nen ist so angelegt, daß für den Leser ein möglichst ein-
dringlicher Handlungsablauf entsteht. Die Zusammenzie-
hung der Szenen für Bühnenzwecke muß dem Regisseur vorbehalten bleiben. In *Leonce und Lena* wurde die Szene der
Polizeidiener in den Haupttext übernommen und sinnge-
mäß in die 1. Szene des II. Aktes eingebaut.

Verlag und Herausgeber konnten mit Befriedigung fest-
stellen, daß die Ausgabe der beiden Stücke seit der ersten
Auflage 1952 zahlreichen Aufführungen an namhaften Bühnen als Vorlage gedient hat. Auch wurde sie inzwischen ins
Türkische und Arabische übersetzt.

Was Georg Herwegh, der Zeitgenosse, beim frühen Tod
Georg Büchners ausrief, gilt auch heute noch:

>   »Was er geschaffen, ist ein Edelstein,
>   Drin blitzten Strahlen für die Ewigkeit.«

Otto C. A. zur Nedden